LE

LA BRUYÈRE DES ÉCOLES

OUVRAGES DU MÊME AUTEUR

MARIVAUX MORALISTE, 1 vol. in-12. Librairie Académique.

LES SALLES D'ASILE ET DENIS COCHIN, LEUR FONDATEUR, (*mention de l'Académie française*). Même librairie.

MADELEINE, (*ouvrage couronné par l'Académie française*). Même librairie.

Mlle SAUVAN, 1re Inspectrice des Écoles de Paris, (*ouvrage couronné par l'Académie française*). Hachette et Cie, éditeurs.

LE
LA BRUYÈRE
DES ÉCOLES

PAR

ÉMILE GOSSOT

Professeur au lycée Louis-le-Grand, Lauréat de l'Académie française

PARIS

LIBRAIRIE ACADÉMIQUE DIDIER

PERRIN ET Cie, LIBRAIRES-ÉDITEURS

35, QUAI DES GRANDS-AUGUSTINS, 35

1889

AVANT-PROPOS

En offrant à la jeunesse des écoles ces Extraits d'un grand écrivain, il nous paraît utile de faire connaître en quelques mots la pensée qui nous a décidé à les publier.

Témoin attentif, depuis bien des années, des progrès incessants de l'instruction primaire, nous avons toujours été frappé du peu qu'on a fait pour initier les enfants du peuple aux beautés de notre littérature. Presque toutes les tentatives de ce genre s'arrêtent à quelques pages détachées, à des recueils de morceaux plus ou moins bien choisis qui se retrouvent partout et qu'on sert aux élèves, comme on ferait d'une table chargée d'une si grande variété de mets qu'on se fatigue à vouloir les goûter tous.

Alors que dans nos lycées, les élèves vivent, pour ainsi dire, au milieu des grandes époques littéraires, qu'ils en respirent le parfum et en savourent les fruits, les enfants des écoles, condamnés à de courts fragments de différents auteurs, n'en retiennent que des notions vagues et trop rapides pour leur en laisser une impression forte et durable.

Il y a là assurément une lacune qu'il est possible de combler en rassemblant dans un cadre restreint des pages assez nombreuses entre les meilleures d'un seul grand écrivain, pour que l'élève en garde une idée exacte, précise, et qu'il y puise, avec l'amour des bonnes et saines lectures, l'horreur des livres mauvais et mal écrits : tel est le but de cette publication.

En apprenant ainsi à aimer et à admirer les hommes qui ont honoré notre pays par leurs écrits, la jeunesse de nos écoles apprendra encore à aimer la France, notre patrie, qui les a produits. Elle trouvera dans ce glorieux passé, comme aussi dans la connaissance de nos grands contemporains, de ces pensées qui développent le sentiment moral, élèvent l'âme et fortifient le patriotisme, résultats précieux entre tous et qui constituent réellement l'œuvre par excellence de l'éducation populaire.

E. G.

JEAN DE LA BRUYÈRE

NOTICE BIOGRAPHIQUE ET LITTÉRAIRE

Dans le premier volume de ses Mémoires (p. 200) Saint-Simon annonce ainsi la mort de La Bruyère : « Le public perdit (1696), un homme illustre par son esprit, par son style et par la connaissance des hommes, je veux dire La Bruyère, qui mourut d'apoplexie, à Versailles, après avoir surpassé Théophraste, en travaillant d'après lui, et avoir peint les hommes de notre temps dans ses *Nouveaux Caractères*, d'une manière inimitable. C'était d'ailleurs un fort honnête homme, de très bonne compagnie, simple, sans rien de pédant et fort désintéressé ; je l'avais assez connu pour le regretter, et les ouvrages que son âge et sa santé pouvaient faire espérer de lui. »

Jean de La Bruyère n'avait donc que cinquante ans, lorsqu'il mourut, étant né à Dourdan, en 1646. Il s'en fallut peut-être de bien peu qu'un si beau génie ne fût perdu pour les lettres. Pourvu, en effet, d'une charge de trésorier à Caen, il pouvait y passer une vie obscure et oubliée, lorsque des revers de fortune l'obligèrent à quitter cette charge. C'est alors que sur la recommandaion de Bossuet, il fut appelé dans la maison de Condé pour enseigner l'histoire à M. le Duc, petit-fils du Grand Condé. C'était en 1682 : La Bruyère était âgé de trente-six ans. Son entrée dans cette maison princière fut le grand événement de sa vie, celui auquel nous devons un des meilleurs ouvrages qui aient paru dans aucune langue.

La première édition des *Caractères* fut publiée en 1687, et La Bruyère fut reçu à l'Académie française en 1693. Voilà à peu près tout ce qu'on sait de ce grand écrivain. Le peu que nous connaissons de l'homme privé, de ses goûts, de ses dispositions de caractère, nous a été révélé par Saint-Simon, cité plus haut, et par l'abbé d'Olivet, dans *son histoire de l'Académie française*. « On me l'a » dépeint, dit-il, comme un philosophe qui ne songeait » qu'à vivre tranquille avec des amis et des livres ; fai- » sant un bon choix des uns et des autres ; ne cherchant » ni ne fuyant le plaisir ; toujours disposé à une joie » modeste, et ingénieux à la faire naître ; poli dans ses » manières, et sage dans ses discours ; craignant toute » sorte d'ambition, même celle de montrer de l'esprit. »

On s'explique cette réserve de la part d'un homme trop habile à saisir chez les autres les travers de caractère, pour ne pas s'appliquer scrupuleusement à corriger les siens. Mais il eut beau s'observer, il ne parvint pas à conjurer l'explosion de mauvaise humeur et de colère déchaînées contre lui par tous ceux qui croyaient se reconnaître dans son livre, et dont il critiquait si vivement et avec tant d'esprit les ridicules et les vices. Combien de fois dût-il se rappeler ces paroles prophétiques de M. de Malézieu : « Voilà un ouvrage qui vous attirera beaucoup de lecteurs et beaucoup d'ennemis. »

Jamais jugement fut-il mieux vérifié par l'événement? Et cependant, le livre des *Caratères* ne parut pas tel que nous l'avons aujourd'hui. Il ne faut pas croire qu'il soit sorti tout d'une pièce du cerveau de son auteur. La première édition ne dépassait guère les proportions d'une brochure. Elle se composait de seize têtes de chapitres avec quelques pensées fondamentales, qui étaient là comme les pierres d'attente, comme les assises sur lesquelles le moraliste devait élever son monument.

De rares portraits, placés çà et là, venaient animer ces abstractions et montraient que l'écrivain pourrait devenir un émule de Molière et de La Rochefoucauld. Cependant, tel qu'il était, ce premier essai était réservé à un succès qui dut beaucoup surprendre l'éditeur et peut-être l'auteur.

On raconte, en effet, que La Bruyère, entrant un jour chez le libraire Michallet, rue St-Jacques, où il allait souvent pour feuilleter les nouvelles, lui dit, en tirant de sa poche un manuscrit : « Voulez-vous imprimer cela ? Je ne sais si vous y trouverez votre compte ; mais en cas de succès, le produit sera pour ma petite amie. » Cette petite amie du grand écrivain était la fille du libraire, enfant de neuf à dix ans. Le livre fit fortune et rapporta deux ou trois cent mille francs, qui permirent plus tard à Michallet de marier sa fille à un fermier général.

La hardiesse et la vérité des peintures avaient sauvé de l'indifférence les réflexions morales. Le public, alors si digne écho des écrivains, goûta fort un auteur qui faisait la leçon d'une main si légère, se tenant toujours à égale distance de la colère du satirique et de l'austérité du prédicateur, tour à tour sévère sans aigreur et enjoué sans bassesse, ne cherchant, sous une forme aimable et vive, qu'à *rendre au public ce que le public lui avait prêté.*

D'année en année, La Bruyère s'appliqua donc à peupler sa galérie de nouveaux personnages, pris sur le vif et *peints d'après nature*.

En s'enrichissant de nouveaux caractères, l'ouvrage se réimprimait jusqu'à trois fois dans une année, fait inouï pour le temps et qui peut seul donner une idée de la faveur qu'il avait rencontrée chez ceux mêmes dont il démasquait si librement les faiblesses et les défauts. Enfin la Bruyère voyait chaque jour se justifier le mot de Malézieu ; mais la gloire qui se rit de la haine, lui était venue malgré ses détracteurs. Il était arrivé *à se faire jour*, selon son expression, dans le chapitre du *Mérite personnel*; mais se faire jour pour lui, c'était surtout d'avoir été appelé, grâce à l'amitié de Bossuet, à enseigner l'histoire au petit-fils du Grand Condé, à ce jeune duc qui « n'épargnait, dit Saint-Simon, pas même à ses amis, des insultes grossières et des plaisanteries cruelles. »

Mais si notre moraliste avait trouvé, dans cette singulière maison de Condé, la sécurité du lendemain, il devait craindre, en revanche, que son indépendance n'y courût de grands dangers. C'est là qu'il eut plus d'une fois à se garder d'une familiarité qui lui eût été bien vite rendue en mépris, et à commander l'estime par une réserve respectueuse. Il avait d'ailleurs sous les yeux l'affligeant exemple de Santeuil qui expiait par des outrages l'imprudente facilité de son commerce.

On sait qu'un jour Santeuil reçut, en pleine table, un soufflet de Mme la Duchesse, suivi, pour le calmer, d'un verre d'eau jeté au visage; et enfin, si l'on en croit ce que raconte Saint-Simon, il serait mort d'une plaisanterie de M. le Duc, qui aurait vidé sa tabatière dans un verre de vin de Champagne, et qui le lui aurait fait boire « pour voir ce qui en arriverait. »

Il est vrai que La Bruyère n'avait pas besoin de ces avertissements pour montrer qu'il n'oubliait pas ce qu'il devait à autrui et ce qu'il se devait à lui-même. D'ailleurs la gloire littéraire, qui s'était fait attendre, venait enfin en aide à la dignité de sa vie. Et puis, qui donc eût osé se railler d'un homme qui pouvait toujours clouer au pilori du ridicule ceux qui l'eussent fait souffrir dans la fierté et l'indépendance de son caractère ?

Ainsi, La Bruyère, jouissant d'une honorable hospitalité, qui ne coûtait rien à sa liberté, put donc travailler à loisir à ce livre immortel, qui fut pour lui comme le diamant entre les mains du lapidaire, y ajoutant sans cesse de nouvelles facettes destinées à réfléchir tous les points de vue avec l'éclat et le fini qu'un art consommé donne à la nature.

Il faut avouer aussi que pour un moraliste qui voulait étudier, non pas l'homme en général, ce fond qui est resté le même, *depuis plus de sept mille ans qu'il y a des hommes, et qui pensent*, mais les hommes de son temps, la maison de Condé était bien la meilleure école, celle qui offrait la plus riche matière à l'observation. C'est là que La Bruyère vit tour à tour poser devant lui le courtisan, l'homme de robe, le financier, la femme du monde, l'avare et le prodigue, le riche et le pauvre, toutes ces physionomies enfin, qu'il a su rajeunir à force de talent et qui sont dans toutes les mémoires. Qui n'a pas lu les portraits saisissants de vérité du *Riche* et du *Pauvre* ? « *Giton* a le teint frais, le visage plein, la démarche ferme. Il se croit de l'esprit et des talents. Il est riche. *Phédon* a les yeux creux, le teint échauffé... Il est pauvre. » Qu'on se rappelle aussi ceux de *Gnaton* et de *Gliton*, le gourmand vorace qui engloutit tout ce qui paraît sur la table, et le gourmet qui a fait de la digestion son étude. Quelle peinture que celle de ce vieillard presque mourant qui a la manie de planter et de bâtir ! « Ce n'est pas pour ses enfants qu'il bâtit, il n'en a point, ni pour ses héritiers, personnes viles et qui se sont brouillées avec lui : c'est pour lui seul et il mourra demain. »

La Bruyère avait fait de l'art des contrastes une étude approfondie. Personne plus que lui n'a eu le secret de faire valoir sa pensée par ces oppositions de sentiments et d'idées qui mettent en relief tous les personnages et répandent sur un tableau le mouvement, la couleur et la vie. C'est par là, c'est par l'étude patiente et savante de toutes les formes de notre langue qu'on a pu dire avec raison qu'il n'y a peut-être pas une beauté de style propre à notre idiome dont on ne trouve des exemples et des modèles dans cet écrivain.

On comprend maintenant la curiosité extraordinaire que le livre des *Caractères* dut exciter dans cette société qui en avait fourni la matière. Les *Caractères* de Théophraste, qui lui avaient d'abord servi de passe-port dans le public, paraissaient bien froids et bien abstraits à côté de ces vives peintures que tout le monde reconnaissait et qu'on se nommait tout bas. De là toutes ces interprétations dont La Bruyère semble se plaindre dans la préface de son discours à l'Académie : « Quelle digue élèverai-je, s'écrie-t-il, contre ce déluge d'explications qui inonde la ville et qui va bientôt inonder la cour ? » L'auteur des *Caractères* prévoyait-il alors que ce *déluge d'explications* auxquelles il aurait pu s'attendre, ferait le tourment des érudits futurs ?

Et en effet, pour ceux-ci, le plus difficile n'est pas de reconstituer un texte irréprochable d'après les neuf éditions publiées du vivant de l'auteur. Tâche importante, sans doute, mais qui n'est pas, quand il s'agit de La Bruyère, la plus susceptible d'erreurs. Il y en a une autre plus laborieuse, plus délicate pour l'éditeur, qui consiste à retrouver sous des noms d'emprunts les personnages que le moraliste a voulu peindre. C'est là qu'il est facile de s'égarer. Or, c'est ce côté piquant autant que délicat que, dans son édition de 1845, M. Walckenaer a étudié avec une sagacité rare et une abondance de renseignements qui double et rajeunit l'intérêt du livre, en faisant vivre et se mouvoir devant nous des travers et des vices qui risqueraient fort, sans cela, de n'être plus aujourd'hui que des abstractions. C'est grâce à ces *clés* si minutieusement et si patiemment examinées et comparées, que La Bruyère se retrouve tout entier avec sa fine raillerie et son originalité. C'est avec ces indiscrétions indispensables des contemporains qu'il faut le lire et le compléter, en ayant recours de temps en temps à Saint-Simon qui s'est bien souvent rencontré avec l'auteur des *Caractères*.

Après l'édition de M. Walckenear, on pouvait croire

que *tout était dit* sur La Bruyère et qu'il ne restait plus guère qu'à glaner quelques épis oubliés dans un champ qu'une main exercée semblait avoir moissonné. Cependant quelques habiles chercheurs, venus plus tard, tels que MM. Fournier, Déstailleur et Servois ont montré qu'on pouvait encore aller plus loin, et que l'érudition n'avait pas dit son dernier mot.

C'est le privilège des écrivains de génie de ne lasser ni la curiosité ni l'admiration. La vie d'un critique de talent ne peut suffire à faire le tour de ces belles statues qui s'imposent au respect des hommes, et La Bruyère plus que tout autre exige cette observation lente, cette étude opiniâtre et réfléchie qu'il a lui-même portée dans son œuvre et qui lui assure l'immortalité.

E. G.

LE

LA BRUYÈRE DES ÉCOLES

DES OUVRAGES DE L'ESPRIT

Arsène ou le Pédant.

Arsène[1], du plus haut de son esprit, contemple les hommes, et dans l'éloignement d'où il les voit, il est comme effrayé de leur petitesse. Loué, exalté et porté jusqu'aux cieux par de certaines gens qui se sont promis de s'admirer réciproquement, il croit, avec quelque mérite qu'il a, posséder tout celui qu'on peut avoir, et qu'il n'aura jamais: occupé et rempli de ses sublimes idées, il se donne à peine le loisir de prononcer quelques oracles : élevé par son caractère au-dessus des jugements

1. Suivant *la Clef*, Arsène serait le comte de Tréville. Homme de beaucoup d'esprit et fort recherché de la meilleure société de son temps. Boileau le cite parmi les esprit du premier ordre. Seulement cet homme d'un vrai mérite, se montrait superbe et absolu dans ses jugements.

humains, il abandonne aux âmes communes le mérite d'une vie suivie et uniforme, et il n'est responsable de ses inconstances qu'à ce cercle d'amis qui les idolâtrent. Eux seuls savent juger, savent penser, savent écrire, doivent écrire. Il n'y a point d'autre ouvrage d'esprit si bien reçu dans le monde, et si universellement goûté des honnêtes gens, je ne dis pas qu'il veuille approuver, mais qu'il daigne lire : incapable d'être corrigé par cette peinture, qu'il ne lira point.

Marot[1] et Rabelais[2].

Marot et Rabelais sont inexcusables d'avoir semé l'ordure dans leurs écrits : tous deux avaient assez de génie et de naturel pour pouvoir s'en passer, même à l'égard de ceux qui cherchent moins à admirer qu'à rire dans un auteur. Rabelais surtout est incompréhensible; son livre est une énigme, quoi qu'on veuille dire, inexplicable : c'est une chimère, c'est le visage d'une belle femme, avec des pieds et une queue de serpent, ou de quelque autre bête plus difforme : c'est un monstrueux assemblage d'une morale fine et ingénieuse et d'une sale corruption. Où il est mauvais, il passe bien loin au delà du pire : c'est le charme de la canaille ; où il est bon, il va jusqu'à l'exquis et à l'excellent : il peut être le mets des plus délicats.

Balzac, Voiture. — Les femmes écrivains.

« Je ne sais si l'on pourra jamais mettre dans des

1. Marot, né à Cahors, en 1495, mourut à Turin, en 1544.
2. Rabelais (François), né près de Chinon, en 1495, mourut curé de Meudon, en 1553.

lettres plus d'esprit, plus de tour, plus d'agrément et plus de style que l'on en voit dans celles de BALZAC [1] et de VOITURE [2]. Elles sont vides de sentiments qui n'ont régné que depuis leur temps, et qui doivent aux femmes leur naissance. Ce sexe va plus loin que le nôtre dans ce genre d'écrire [3]; elles trouvent sous leur plume des tours et des expressions qui souvent, en nous, ne sont l'effet que d'un long travail et d'une pénible recherche : elles sont heureuses dans le choix des termes, qu'elles placent si juste, que, tout connus qu'ils sont, ils ont le charme de la nouveauté, et semblent être faits seulement pour l'usage où elles les mettent. Il n'appartient qu'à elles de faire lire dans un seul mot tout un sentiment, et de rendre délicatement une pensée qui est délicate ; elles ont un enchaînement de discours inimitable qui se suit naturellement, et qui n'est lié que par le sens. Si les femmes étoient toujours correctes, j'oserois dire que les lettres de quelques-unes d'entre elles seroient peut-être ce que nous avons dans notre langue de mieux écrit.

Corneille et Racine [4].

CORNEILLE ne peut être égalé dans les endroits où il

1. Jean-Louis Guez, seigneur de Balzac, né à Angoulème en 1598, mort en 1655.
2. Vincent Voiture, de l'Académie française, né à Amiens, en 1590, mort en 1648.
3. Il ne faut pourtant pas prendre trop à la lettre la phrase célèbre de P.L.-Courier : « Gardez-vous bien de croire que quelqu'un ait écrit en français depuis le règne de Louis XIV ; la moindre femmelette de ce temps-là vaut mieux pour le langage que les Jean-Jacques, Diderot, d'Alembert, contemporains et postérieurs : ceux-là sont tous *ânes bâtés, sous le rapport de la langue*, pour user de leurs phrases. »
4. Corneille (Pierre), né à Rouen (1606, mort à Paris, rue

excelle ; il a pour lors un caractère original et inimitable ; mais il est inégal. Ses premières comédies sont sèches, languissantes, et ne laissoient pas espérer qu'il dût ensuite aller si loin, comme ses dernières font qu'on s'étonne qu'il ait pu tomber de si haut. Dans quelques-unes de ses meilleures pièces, il y a des fautes inexcusables contre les mœurs ; un style de déclamateur qui arrête l'action et la fait languir ; des négligences dans les vers et dans l'expression, qu'on ne peut comprendre en un si grand homme. Ce qu'il y a eu en lui de plus éminent, c'est l'esprit qu'il avoit sublime, auquel il a été redevable de certains vers, les plus heureux qu'on ait jamais lus ailleurs, de la conduite de son théâtre qu'il a quelquefois hasardée contre les règles des anciens, et enfin de ses dénoûments ; car il ne s'est pas toujours assujetti au goût des Grecs et à leur grande simplicité : il a aimé au contraire à charger la scène d'événements dont il est presque toujours sorti avec succès ; admirable surtout par l'extrême variété et le peu de rapport qui se trouve pour le dessein entre un si grand nombre de poëmes qu'il a composés.

Il semble qu'il y ait plus de ressemblance dans ceux de Racine, et qu'ils tendent un peu plus à une même chose ; mais il est égal, soutenu, toujours le même partout, soit pour le dessein et la conduite de ses pièces, qui sont justes, régulières, prises dans le bon sens et dans la nature ;

d'Argenteuil en 1884, le créateur de l'art dramatique en France, auteur du *Cid* (1636), d'*Horace* (1639), de *Cinna* (1639), de *Polyeucte* (1640), du *Menteur* (1642).

Racine (Jean), né à la Ferté-Milon (1639), mort à Paris (1699). Ses principales tragédies sont : *Andromaque*, *Britannicus*, *Bajazet Mithridate*, *Iphigénie*, *Phèdre* de 1667 à 1679. — Puis *Esther* (1689), et *Athalie* (1691). Enfin il composa aussi les *Plaideurs*, petite comédie pleine d'esprit et de gaieté.

soit pour la versification qui est correcte, riche dans ses rimes, élégante, nombreuse, harmonieuse : exact imitateur des anciens, dont il a suivi scrupuleusement la netteté et la simplicité de l'action, à qui le grand et le merveilleux n'ont pas même manqué, ainsi qu'à Corneille, ni le touchant ni le pathétique. Quelle plus grande tendresse que celle qui est répandue dans tout le *Cid*, dans *Polyeucte* et dans les *Horaces* ? Quelle grandeur ne se remarque point en Mithridate, en Porus et en Burrhus ? Ces passions encore favorites des anciens, que les tragiques aimoient à exciter sur les théâtres, et qu'on nomme la terreur et la pitié, ont été connues de ces deux poëtes : Oreste, dans l'*Andromaque* de Racine, et *Phèdre* du même auteur, comme l'*Œdipe* et les *Horaces* de Corneille, en sont la preuve. Si cependant il est permis de faire entre eux quelque comparaison, et de les marquer l'un et l'autre par ce qu'ils ont de plus propre, et par ce qui éclate le plus ordinairement dans leurs ouvrages, peut-être qu'on pourroit parler ainsi : Corneille nous assujettit à ses caractères et à ses idées ; Racine se conforme aux nôtres : celui-là peint les hommes comme ils devroient être, celui-ci les peint tels qu'ils sont. Il y a plus dans le premier de ce que l'on admire et de ce que l'on doit même imiter, il y a plus dans le second de ce que l'on reconnaît dans les autres, ou de ce que l'on éprouve dans soi-même. L'un élève, étonne, maîtrise, instruit ; l'autre plaît, remue, touche, pénètre. Ce qu'il y a de plus beau, de plus noble et de plus impérieux [1] dans la raison est manié par le premier ; et par l'autre, ce qu'il y a de plus flatteur et de plus délicat dans la passion. Ce sont dans celui-là des maximes, des

1. Ce jugement a été critiqué avec beaucoup de sens par Voltaire dans ses *Commentaires* sur Corneille.

règles, des préceptes; et dans celui-ci du goût et des sentiments. L'on est plus occupé aux pièces de Corneille; l'on est plus ébranlé et plus attendri à celles de Racine. Corneille est plus moral, Racine plus naturel. Il semble que l'un imite SOPHOCLE [1], et que l'autre doit plus à EURIPIDE [2].

L'homme de génie et l'homme d'esprit.

Il y a des artisans ou des habiles, dont l'esprit est aussi vaste que l'art et la science qu'ils professent: ils lui rendent avec avantage, par le génie, par l'invention, ce qu'ils tiennent d'elle et de ses principes: ils sortent de l'art pour l'ennoblir, s'écartent des règles, si elles ne les conduisent pas au grand et au sublime: ils marchent seuls et sans compagnie, mais ils vont fort haut et pénètrent fort loin, toujours sûrs et confirmés [3] par le succès des avantages que l'on tire quelquefois de l'irrégularité. Les esprits justes, doux, modérés, non-seulement ne les atteignent pas, ne les admirent pas, mais ils ne les comprennent point, et voudroient encore moins les imiter. Ils demeurent tranquilles dans l'étendue de leur sphère, vont jusqu'à un certain point qui fait les bornes de leur capacité et de leurs lumières: ils ne vont pas plus loin, parce qu'ils ne voient rien au delà. Ils ne peuvent au plus qu'être les premiers d'une seconde classe, et exceller dans le médiocre.

1. Sophocle, grand poète tragique grec (496-405 av. J-C.).
2. Euripide, également grand poète tragique grec (480-406 av. J-C).
3. *Sûrs et confirmés*, tournure latine — Aujourd'hui ces deux adjectifs ne s'emploieraient guère qu'avec un complément: sûr de soi — confirmé dans son jugement.

DU MÉRITE PERSONNEL

L'homme propre à tout n'est propre à rien.

Que faire d'*Égésippe*, qui demande un emploi ? Le mettra-t-on dans les finances ou dans les troupes ? Cela est indifférent, et il faut que ce soit l'intérêt seul qui en décide, car il est aussi capable de manier de l'argent ou de dresser des comptes que de porter les armes. Il est propre à tout, disent ses amis, ce qui signifie toujours qu'il n'a pas plus de talent pour une chose que pour une autre, ou, en d'autres termes, qu'il n'est propre à rien. Ainsi la plupart des hommes, occupés d'eux seuls dans leur jeunesse, corrompus par la paresse ou par le plaisir, croient faussement, dans un âge plus avancé, qu'il leur suffit d'être inutiles ou dans l'indigence, afin que la république [1] soit engagée à les placer ou à les secourir, et ils profitent rarement de cette leçon si importante, que les hommes devroient employer les premières années de leur vie à devenir tels par leurs études et par leur travail, que la république elle-même eût besoin de leur industrie et de leur lumières ; qu'ils fussent comme une pièce nécessaire à tout son édifice, et qu'elle se trouvât portée par ses propres avantages à faire leur fortune ou à l'embellir.

1. *La république*, c'est-à-dire, la chose publique, le patrie, l'État.

Nous devons travailler à nous rendre très dignes de quelque emploi : le reste ne nous regarde point, c'est l'affaire des autres.

L'homme du devoir.

Un honnête homme se paye par ses mains de l'application qu'il a à son devoir par le plaisir qu'il sent à le faire, et se désintéresse sur les éloges, l'estime et la reconnoissance, qui lui manquent quelquefois.

Si j'osois [1] faire une comparaison entre deux conditions tout à fait inégales, je dirois qu'un homme de cœur pense à remplir ses devoirs à peu près comme le couvreur songe à couvrir : ni l'un ni l'autre ne cherchent à exposer leur vie, ni ne sont détournés par le péril ; la mort pour eux est un inconvénient dans le métier, et jamais un obstacle. Le premier aussi n'est guère plus vain d'avoir paru à la tranchée, emporté un ouvrage ou forcé un retranchement, que celui-ci d'avoir monté sur de hauts combles, ou sur la pointe d'un clocher. Ils ne sont tous deux appliqués qu'à bien faire, pendant que le fanfaron travaille à ce que l'on dise de lui qu'il a bien fait.

La modestie est au mérite ce que les ombres sont aux figures dans un tableau : elle lui donne de la force et du relief.

L'homme de génie compose seul toute sa race.

Il apparoît de temps en temps sur la surface de la terre des hommes rares, exquis, qui brillent par leur

1. *Si j'osais*... comparaison qui serait triviale, si elle n'était relevée par la manière dont La Bruyère la présente.

vertu, et dont les qualités éminentes jettent un éclat prodigieux. Semblables à ces étoiles extraordinaires dont on ignore les causes, et dont on sait encore moins ce qu'elles deviennent après avoir disparu, ils n'ont ni aïeuls ni descendants ; ils composent seuls toute leur race [1].

Le Fat.

L'or éclate, dites-vous, sur les habits de *Philémon* [2] : il éclate de même chez les marchands. Il est habillé des plus belles étoffes : le sont-elles moins toutes déployées dans les boutiques et à la pièce ? Mais la broderie et les ornements y ajoutent encore la magnificence : je loue donc le travail de l'ouvrier. Si on lui demande quelle heure il est, il tire une montre qui est un chef-d'œuvre ; la garde de son épée est un onyx ; il a au doigt un gros diamant qu'il fait briller aux yeux, et qui est parfait ; il ne lui manque aucune de ces curieuses bagatelles que l'on porte sur soi autant pour la vanité que pour l'usage, et il ne se plaint non plus toute sorte de parure qu'un jeune homme qui a épousé une riche vieille. Vous m'inspirez enfin de la curiosité ; il faut voir du moins des choses si précieuses : envoyez-moi cet habit et ces bijoux de Philémon ; je vous quitte de la personne.

Tu te trompes, Philémon, si avec ce carosse brillant, ce grand nombre de coquins qui te suivent, ces six bêtes qui te traînent, tu penses que l'on t'en estime davantage.

1. *Toute leur race.* Voltaire a dit dans Mérope :
« Qui sert bien son pays n'a pas besoin d'aïeux. »

2. Philémon : Mylord Staffort ou plutôt le comte d'Aubigné, le frère de Mme de Maintenon, espèce de fanfaron, bien que bon homme, qui disait en parlant de Louis XIV : « mon beau-frère ».

L'on écarte tout cet attirail, qui t'est étranger, pour pénétrer jusqu'à toi, qui n'es qu'un fat.

Le Grand-Condé.

Æmile[1] était né ce que les grands hommes ne deviennent qu'à force de règles, de méditation et d'exercice; il n'a eu dans ses premières années qu'à remplir des talents qui étaient naturels, et qu'à se livrer à son génie; il a fait, il a agi avant que de savoir, ou plutôt il a su ce qu'il n'avait jamais appris. Dirai-je que les jeux de son enfance ont été plusieurs victoires? Une vie accompagnée d'un extrême bonheur joint à une longue expérience serait illustre par les seules actions qu'il avait achevées dès sa jeunesse : toutes les occasions de vaincre qui se sont depuis offertes, il les a embrassées; et celles qui n'étaient pas, sa vertu et son étoile les ont fait naître : admirable même et par les choses qu'il a faites, et par celles qu'il aurait pu faire. On l'a regardé comme un homme incapable de céder à l'ennemi, de plier sous le nombre ou sous les obstacles; comme une âme du premier ordre, pleine de ressources et de lumières, et qui voyait encore où personne ne voyait plus; comme celui qui, à la tête des légions, était pour elles un présage de la victoire, et qui valait seul plusieurs légions; qui était grand dans la prospérité, plus grand quand la fortune lui a été contraire : la levée d'un siège, une retraite, l'ont plus ennobli que ses triomphes; l'on ne met qu'a-

1. Le Grand-Condé. Mais la Bruyère pourrait bien avoir pensé aussi à Turenne.
Le Grand Condé, né en 1621 et mort en 1686.
Turenne (Henri de la tour d'Auvergne) né en 1611 et tué à Salzbach (1675). — Voir à ce sujet, une admirable lettre de Mme de Sévigné à Mme de Grignan, sa fille.

près les batailles gagnées et les villes prises; qui était rempli de gloire et de modestie; on lui a entendu dire: *Je fuyais* avec la même grâce qu'il disait: *Nous les battîmes;* un homme dévoué à l'État, à sa famille, au chef de sa famille; sincère pour Dieu et pour les hommes, autant admirateur du mérite que s'il lui eût été moins propre et moins familier; un homme vrai, simple, magnanime, à qui il n'a manqué que les moindres vertus.

L'homme qui s'admire.

Menippe[1] est l'oiseau paré de divers plumages qui ne sont pas à lui. Il ne parle pas, il ne sent pas; il répète des sentiments et des discours, se sert même si naturellement de l'esprit des autres, qu'il y est le premier trompé, et qu'il croit souvent dire son goût ou expliquer sa pensée, lorsqu'il n'est que l'écho de quelqu'un qu'il vient de quitter. C'est un homme qui est de mise un quart d'heure de suite, qui le moment d'après baisse, dégénère, perd le peu de lustre qu'un peu de mémoire lui donnait, et montre la corde: lui seul ignore combien il est au-dessous du sublime et de l'héroïque; et, incapable de savoir jusqu'où l'on peut avoir de l'esprit, il croit naïvement que ce qu'il en a est tout ce que les hommes en sauraient avoir: aussi a-t-il l'air et le maintien de celui qui n'a rien à désirer sur ce chapitre, et qui ne porte envie à personne. Il se parle souvent à soi-même, et il ne s'en cache pas, ceux qui passent le voient, et qu'il

1. *Menippe*, Villeroi, créature de Mme de Maintenon. Valet à tout faire, dit Saint-Simon, maréchal de France, brave de sa personne, mais sans capacité. Après sa déconfiture de Crémone, Louis XIV se contenta de lui dire: « M. le Maréchal, on n'est pas heureux à notre âge. »

semble toujours prendre un parti, ou décider qu'une telle chose est sans réplique. Si vous le saluez quelquefois, c'est le jeter dans l'embarras de savoir s'il doit rendre le salut ou non ; et pendant qu'il délibère, vous êtes déjà hors de portée. Sa vanité l'a fait honnête homme, l'a mis au-dessus de lui-même, l'a fait devenir ce qu'il n'était pas. L'on juge en le voyant qu'il n'est occupé que de sa personne; qu'il sait que tout lui sied bien, et que sa parure est assortie ; qu'il croit que tous les yeux sont ouverts sur lui, et que les hommes se relayent pour le contempler.

La mouche du coche.

Celse [1] est d'un rang médiocre, mais des grands le souffrent; il n'est pas savant, il a relation avec des savants; il a peu de mérite, mais il connaît des gens qui en ont beaucoup ; il n'est pas habile, mais il a une langue qui peut servir de truchement, et des pieds qui peuvent le porter d'un lieu à un autre. C'est un homme né pour les allées et venues, pour écouter des propositions et les rapporter, pour en faire d'office, pour aller plus loin que sa commission, et en être désavoué; pour réconcilier des gens qui se querellent à leur première entrevue ; pour réussir dans une affaire, et en manquer mille ; pour se donner toute la gloire de la réussite, et pour détourner sur les autres la haine d'un mauvais succès. Il sait les bruits communs, les historiettes de la ville ; il ne fait rien, il dit ou il écoute ce que les autres font; il est nouvelliste ; il sait même le secret des fa-

1. *Celse.* On prétend que ce caractère s'applique au baron de Breteuil, qui fut ambassadeur à Mantoue.

milles ; il entre dans de plus hauts mystères ; il vous dit pourquoi celui-ci est exilé, et pourquoi on rappelle cet autre ; il connoît le fond et les causes de la brouillerie des deux frères et de la rupture des deux ministres[1]. N'a-t-il pas prédit aux premiers les tristes suites de leur mésintelligence ? N'a-t-il pas dit de ceux-ci que leur union ne seroit pas longue ? N'étoit-il pas présent à de certaines paroles qui furent dites ? N'entra-t-il pas dans une espèce de négociation ? Le voulut-on croire ? fut-il écouté ? A qui parlez-vous de ces choses ? Qui a eu plus de part que Celse à toutes ces intrigues de cour ? Et si cela n'étoit ainsi, s'il ne l'avoit du moins ou rêvé ou imaginé, songeroit-il à vous le faire croire ? auroit-il l'air important et mystérieux d'un homme revenu d'une ambassade ?

1. *Deux ministres* : Louvois et Seignelai, à propos du rétablissement de Jacques II sur le trône. On sait qu'il fut battu près de la Boyne, le 10 juillet 1690, qu'il s'enfuit à Dublin et repassa en France. Il mourut au château de St-Germain, en 1701.

DES FEMMES

Rien n'est beau que le vrai.....

Si les femmes veulent seulement être belles à leurs propres yeux et se plaire à elles-mêmes, elles peuvent sans doute, dans la manière de s'embellir, dans le choix des ajustements et de la parure, suivre leur goût et leur caprice; mais si c'est aux hommes qu'elles désirent de plaire, si c'est pour eux qu'elles se fardent ou qu'elles s'enluminent, j'ai recueilli les voix, et je leur prononce, de la part de tous les hommes ou de la plus grande partie, que le blanc et le rouge les rend affreuses et dégoûtantes; que le rouge seul les vieillit et les déguise; qu'ils haïssent autant à les voir avec de la céruse sur le visage qu'avec de fausses dents en la bouche et des boules de cire dans les mâchoires; qu'ils protestent sérieusement contre tout l'artifice dont elles usent pour pour se rendre laides, et que, bien loin d'en répondre devant Dieu, il semble, au contraire, qu'il leur ait réservé ce dernier et infaillible moyen de guérir des femmes.

Si les femmes étoient telles naturellement qu'elles le deviennent par artifice, qu'elles perdissent en un moment toute la fraicheur de leur teint, qu'elles eussent le visage aussi allumé et aussi plombé qu'elles se le font par le rouge et par la peinture dont elles se fardent, elles seroient inconsolables.

Une femme coquette ne se rend point[1] sur la passion de plaire, et sur l'opinion qu'elle a de sa beauté. Elle regarde le temps et les années comme quelque chose seulement qui ride et qui enlaidit les autres femmes ; elle oublie du moins que l'âge est écrit sur le visage. La même parure qui a autrefois embelli sa jeunesse défigure enfin sa personne, éclaire les défauts de sa vieillesse. La mignardise et l'affectation l'accompagnent dans la douleur et dans la fièvre. Elle meurt parée et en rubans de couleur.

1. *Ne se rend point* : cette expression marque la lutte avec le temps, qui est le véritable ennemi des coquettes : Je suis vaincu du temps, je cède à ses outrages. (Malherbe.)

DE LA SOCIÉTÉ ET DE LA CONVERSATION

L'esprit qu'on veut avoir gâte celui qu'on a (Gresset). *le Méchant.*

L'on voit des gens qui, dans les conversations ou dans le peu de commerce que l'on a avec eux, vous dégoûtent par leurs ridicules expressions, par la nouveauté, et j'ose dire par l'impropriété des termes dont ils se servent, comme par l'alliance de certains mots qui ne se rencontrent ensemble que dans leur bouche, et à qui ils font signifier des choses que leurs premiers inventeurs n'ont jamais eu intention de leur faire dire. Ils ne suivent en parlant ni la raison ni l'usage, mais leur bizarre génie, que l'envie de toujours plaisanter, et peut-être de briller, tourne insensiblement à un jargon qui leur est propre, et qui devient enfin leur idiome naturel; ils accompagnent un langage si extravagant d'un geste affecté et d'une prononciation qui est contrefaite. Tous sont contents d'eux-mêmes et de l'agrément de leur esprit, et l'on ne peut pas dire qu'ils en soient entièrement dénués; mais on les plaint de ce peu qu'ils en ont, et, ce qui est pire, on en souffre.

Contre les précieuses.

Que dites-vous? comment? je n'y suis pas; vous plairoit-il de recommencer? J'y suis encore moins; je devine enfin : vous voulez, *Acis*, me dire qu'il fait froid ? Que ne disiez-vous : il fait froid. Vous voulez m'apprendre qu'il pleut ou qu'il neige, dites : Il pleut, il neige. Vous me trouvez bon visage, et vous désirez de m'en féliciter, dites : Je vous trouve bon visage. Mais, répondez-vous, cela est bien uni et bien clair, et d'ailleurs qui ne pourroit pas en dire autant ? Qu'importe, Acis ? Est-ce un si grand mal, d'être entendu quand on parle, et de parler comme tout le monde ? Une chose vous manque, Acis, à vous et à vos semblables les diseurs de *phébus*[1], vous ne vous en défiez point, et je vais vous jeter dans l'étonnement : une chose vous manque, c'est l'esprit. Ce n'est pas tout : il y a en vous une chose de trop, qui est l'opinion d'en avoir plus que les autres. Voilà la source de votre pompeux galimatias, de vos phrases embrouillées, et de vos grands mots qui ne signifient rien. Vous abordez cet homme, ou vous entrez dans cette chambre ; je vous tire par votre habit, et vous dis à l'oreille : Ne songez point à avoir de l'esprit, n'en ayez point ; c'est votre rôle. Ayez, si vous pouvez, un langage simple, et tel que l'ont ceux en qui vous ne trouvez aucun esprit ; peut-être alors croira-t-on que vous en avez.

Le Bavard pris au piège.

Arrias[2] a tout lu, a tout vu, il veut le persuader ainsi ; c'est un homme universel, et il se donne pour tel ; il aime mieux mentir que de se taire ou de paraître

1. *Diseurs de Phébus*, gens qui parlent d'une manière emphatique et obscure. Galimatias, phrases sonores et inintelligibles.
2. Il paraît que cette aventure est arrivée à M. Robert de Châtillon, conseiller au Châtelet.

ignorer quelque chose : on parle à la table d'un grand d'une cour du Nord, il prend la parole, et l'ôte à ceux qui allaient dire ce qu'ils en savent ; il s'oriente dans cette région lointaine comme s'il en était originaire ; il discourt des mœurs de cette cour, des femmes du pays, de ses lois et de ses coutumes ; il récite des historiettes qui y sont arrivées, il les trouve plaisantes, et il en rit le premier jusqu'à éclater. Quelqu'un se hasarde de le contredire, et lui prouve nettement qu'il dit des choses qui ne sont pas vraies ; Arrias ne se trouble point, prend feu au contraire contre l'interrupteur. Je n'avance, lui dit-il, je ne raconte rien que je ne sache d'original ; je l'ai appris de *Sethon*, ambassadeur de France dans cette cour, revenu à Paris depuis quelques jours, que je connais familièrement, que j'ai fort interrogé, et qui ne m'a caché aucune circonstance. Il reprenait le fil de sa narration avec plus de confiance qu'il ne l'avait commencée, lorsque l'un des conviés lui dit : C'est Sethon à qui vous parlez, lui-même, et qui arrive de son ambassade.

L'indiscret.

J'entends *Théodecte*[1] de l'antichambre ; il grossit sa voix à mesure qu'il s'approche. Le voilà entré : il rit, il crie, il éclate. On bouche ses oreilles : c'est un tonnerre ! Il n'est pas moins redoutable par les choses qu'il dit que par le ton dont il parle. Il ne s'apaise, et il ne revient de ce grand fracas que pour bredouiller des vanités et des sottises. Il a si peu d'égard au temps, aux personnes, aux bienséances, que chacun a son fait sans

1. Théodecte : c'est encore le comte d'Aubigné, frère de Mme de Maintenon, que La Bruyère a voulu peindre.

qu'il ait eu intention de le lui donner : il n'est pas encore assis, qu'il a, à son insu, désobligé toute l'assemblée. A-t-on servi, il se met le premier à table, et dans la première place ; les femmes sont à sa droite et à sa gauche. Il mange, il boit, il conte, il plaisante, il interrompt tout à la fois. Il n'a nul discernement des personnes, ni du maître, ni des conviés ; il abuse de la folle déférence qu'on a pour lui. Est-ce lui, est-ce *Eutidème*, qui donne le repas ? Il rappelle à soi [1] toute l'autorité de la table, et il y a un moindre inconvénient à la lui laisser entière qu'à la lui disputer. Le vin et les viandes n'ajoutent rien à son caractère. Si l'on joue, il gagne au jeu ; il veut railler celui qui perd, et il l'offense ; les rieurs sont pour lui : il n'y a sorte de fatuités qu'on ne lui passe. Je cède enfin et je disparois, incapable de souffrir plus longtemps Théodecte et ceux qui le souffrent.

L'homme qui fait ses confidences au premier venu.

Il faut laisser parler cet inconnu que le hasard a placé auprès de vous dans une voiture publique, à une fête ou à un spectacle ; et il ne vous coûtera bientôt pour le connoître que de l'avoir écouté : vous saurez son nom, sa demeure, son pays, l'état de son bien, son emploi, celui de son père, la famille dont est sa mère, sa parenté, ses alliances, les armes de sa maison ; vous comprendrez qu'il est noble, qu'il a un château, de beaux meubles, des valets, et un carosse.

1. *A soi.* On trouvera bien souvent dans La Bruyère, le pronom réfléchi au lieu du pronom personnel que nous emploierions aujourd'hui. Ainsi nous dirions : Il rappelle à lui.

L'homme qui s'écoute parler.

Il y a des gens qui parlent un moment avant que d'avoir pensé. Il y en a d'autres qui ont une fade attention à ce qu'ils disent, et avec qui l'on souffre dans la conversation de tout le travail de leur esprit ; ils sont comme pétris de phrases et de petits tours d'expression, concertés dans leur geste et dans tout leur maintien ; ils sont *puristes*, et ne hasardent pas le moindre mot, quand il devroit faire le plus bel effet du monde ; rien d'heureux ne leur échappe ; rien ne coule de source et avec liberté : ils parlent proprement et ennuyeusement.

De l'esprit dans la conversation.

L'esprit de la conversation consiste bien moins à en montrer beaucoup qu'à en faire trouver aux autres, celui qui sort de votre entretien content de soi et de son esprit l'est de vous parfaitement. Les hommes n'aiment point à vous admirer, ils veulent plaire ; ils cherchent moins à être instruits, et même réjouis, qu'à être goûtés et applaudis ; et le plaisir le plus délicat est de faire celui d'autrui.

C'est une grande misère que de n'avoir pas assez d'esprit pour bien parler, ni assez de jugement pour se taire. Voilà le principe de toute impertinence.

Conseil à suivre dans la conversation.

Il y a parler bien, parler aisément, parler juste, parler à propos : c'est pécher contre ce dernier genre, que de s'étendre sur un repas magnifique que l'on vient de faire, devant des gens qui sont réduits à épargner leur pain ; de dire merveilles de sa santé devant des infirmes ; d'entretenir de ses richesses, de ses revenus et de ses ameublements, un homme qui n'a ni rentes ni domicile ; en un mot, de parler de son bonheur devant des misérables [1] : cette conversation est trop forte pour eux, et la comparaison qu'ils font alors de leur état au vôtre est odieuse.

La langue d'un muet vaut mieux que celle d'un méchant.

Parler et offenser, pour de certaines gens, est précisément la même chose. Ils sont piquants et amers ; leur style est mêlé de fiel et d'absinthe ; la raillerie, l'injure, l'insulte, leur découlent des lèvres comme leur salive. Il leur seroit utile d'être nés muets, ou stupides ; ce qu'ils ont de vivacité et d'esprit leur nuit davantage que ne fait à quelques autres leur sottise. Ils ne se contentent pas toujours de répliquer avec aigreur, ils attaquent souvent avec insolence ; ils frappent sur tout ce qui se trouve sous leur langue, sur les présents, sur les absents ; ils heurtent de front et de côté, comme des béliers. Demande-t-on à des béliers qu'ils n'aient pas de cornes ? De même n'espère-t-on pas de réformer par cette peinture des naturels si durs, si farouches, si indociles. Ce que l'on peut faire de mieux, d'aussi loin qu'on les découvre, est de les fuir de toute sa force et sans regarder derrière soi.

1. *Misérables*, sous la plume de La Bruyère, ne signifie pas autre chose que malheureux. Racine est peut-être le premier qui ait attaché à cette expression le sens que nous lui donnons aujourd'hui :

> « Misérable ! et je vis ! et je soutiens la vue
> De ce sacré soleil dont je suis descendue ! »
>
> (*Phèdre.*)

De l'esprit de politesse.

La politesse n'inspire pas toujours la bonté, l'équité, la complaisance, la gratitude ; elle en donne du moins les apparences, et fait paroître l'homme au dehors comme il devroit être intérieurement.

L'on peut définir l'esprit de politesse, l'on ne peut en fixer la pratique : elle suit l'usage et les coutumes reçues ; elle est attachée aux temps, aux lieux, aux personnes, et n'est point la même dans les deux sexes, ni dans les différentes conditions. L'esprit tout seul ne la fait pas deviner ; il fait qu'on la suit par imitation, et que l'on s'y perfectionne. Il y a des tempéraments qui ne sont susceptibles que de la politesse ; et il y en a d'autres qui ne servent qu'aux grands talents, ou à une vertu solide. Il est vrai que les manières polies donnent cours au mérite, et le rendent agréable, et qu'il faut avoir de bien éminentes qualités pour se soutenir sans la politesse.

Il me semble que l'esprit de la politesse est une certaine attention à faire que, par nos paroles et par nos manières. les autres soient content de nous et d'eux-mêmes.

Le ton dogmatique est celui de l'ignorant.

C'est la profonde ignorance qui inspire le ton dogmatique : celui qui ne sait rien croit enseigner aux autres ce qu'il vient d'apprendre lui-même ; celui qui sait beaucoup pense à peine que ce qu'il dit puisse être ignoré, et parle plus indifféremment.

Les plus grandes choses n'ont besoin que d'être dites simplement ; elle se gâtent par l'emphase : il faut dire noblement les plus petites ; elles ne se soutiennent que par l'expression, le ton et la manière.

DES BIENS DE FORTUNE

Il y a quelque chose de plus précieux que l'argent et l'or, c'est l'occasion d'obliger.

Je vais, *Clitiphon*, à votre porte ; le besoin que j'ai de vous me chasse de mon lit et de ma chambre : plût aux dieux que je ne fusse ni votre client ni votre fâcheux ! Vos esclaves me disent que vous êtes enfermé, et que vous ne pouvez m'écouter que d'une heure entière. Je reviens avant le temps qu'ils m'ont marqué, et ils me disent que vous êtes sorti. Que faites-vous, Clitiphon, dans cet endroit le plus reculé de votre appartement, de si laborieux qui vous empêche de m'entendre ? Vous enfilez quelques mémoires, vous collationnez un registre, vous signez, vous paraphez. Je n'avois qu'une chose à vous demander, et vous n'aviez qu'un mot à me répondre, oui ou non. Voulez-vous être rare ? Rendez service à ceux qui dépendent de vous : vous le serez davantage par cette conduite que par ne vous pas laisser voir. O homme important et chargé d'affaires, qui, à votre tour, avez besoin de mes offices, venez dans la solitude de mon cabinet : le philosophe est accessible. Je ne vous remettrai pas à un autre jour ; vous me trouverez sur les livres de Platon qui traitent de la spiritualité de l'âme et de sa distinction d'avec le corps, ou la plume à la main pour calculer les distances de Saturne et de Jupiter : j'admire Dieu dans ses ouvrages et je cherche par la connoissance de la vérité à régler mon esprit et devenir meilleur. Entrez, toutes les portes vous sont ouvertes ; mon antichambre n'est pas faite pour s'y ennuyer en m'attendant ; passez jusqu'à moi sans me faire avertir. Vous m'apportez quelque chose de plus précieux que l'argent et l'or, si c'est une occasion de vous obliger. Parlez que voulez-vous que je fasse pour vous ? Faut-il quitter mes livres, mes études, mon ouvrage, cette ligne qui est commencée ? Quelle interruption heureuse pour moi que celle qui vous est utile ! Le manieur d'argent, l'homme d'affaires, est un ours qu'on ne sauroit apprivoiser ; on ne le voit dans sa loge qu'avec peine. Que dis-je ? on ne le voit point : car d'abord on ne le voit pas encore, et on ne le voit plus. L'homme de lettres, au contraire, est trivial comme une borne au coin des places ; il est vu de tous, et à toute heure, et en tous états, à table, au lit, nu, habillé, sain ou malade ; il ne peut être important, et il ne le veut point être.

* *

Le sage n'est jamais pauvre.

Il y a des misères sur la terre qui saisissent le cœur. Il manque à quelques-uns jusqu'aux aliments ; ils redoutent l'hiver, ils appréhendent de vivre. L'on mange ailleurs des fruits précoces, l'on force la terre et les saisons pour fournir à sa délicatesse ; de simples bourgeois [1], seulement à cause qu'ils étoient riches, ont eu l'audace d'avaler en un seul morceau la nourriture de cent familles. Tienne qui voudra contre de si grandes extrémités ;

1. *De simples bourgeois.* — Qu'on ne s'y méprenne pas ; La Bruyère vise ici les grands dont il voyait de près les prodigalités ; mais il eût été dangereux pour lui de les nommer.

je ne veux être, si je le puis, ni malheureux ni heureux; je me jette et me réfugie dans la médiocrité.

On sait que les pauvres sont chagrins de ce que tout leur manque, et que personne ne les soulage; mais s'il est vrai que les riches soient colères, c'est de ce que la moindre chose puisse leur manquer, ou que quelqu'un veuille leur résister.

Celui-là est riche, qui reçoit plus qu'il ne consume; celui-là est pauvre, dont la dépense excède la recette.

S'il est vrai que l'on soit riche de tout ce dont on n'a pas besoin, un homme fort riche, c'est un homme qui est sage.

S'il est vrai que l'on soit pauvre par toutes les choses que l'on désire, l'ambitieux et l'avare languissent dans une extrême pauvreté.

Le parvenu qui oublie ses amis.

Quand je vois certaines gens, qui me prévenoient autrefois par leurs civilités, attendre, au contraire, que je les salue, et en être avec moi sur le plus ou sur le moins, je dis en moi-même : Fort bien, j'en suis ravi, tant mieux pour eux; vous verrez que cet homme-ci est mieux logé, mieux meublé et mieux nourri qu'à l'ordinaire; qu'il sera entré depuis quelques mois dans quelque affaire, où il aura déjà fait un gain raisonnable. Dieu veuille qu'il en vienne, dans peu de temps, jusqu'à me mépriser !

Les belles âmes sont rares.

Il y a des âmes sales, pétries de boue et d'ordure, éprises du gain et de l'intérêt, comme les belles âmes le sont de la gloire et de la vertu ; capables d'une seule volupté, qui est celle d'acquérir ou de ne point perdre ; curieuses et avides du denier dix[1] ; uniquement occupées de leurs débiteurs ; toujours inquiètes sur le rabais ou sur le décri des monnoies ; enfoncées et comme abîmées dans les contrats, les titres et les parchemins. De telles gens ne sont ni parents, ni amis, ni citoyens, ni chrétiens, ni peut être des hommes : ils ont de l'argent.

Commençons par excepter ces âmes nobles et courageuses, s'il en reste encore sur la terre, secourables, ingénieuses à faire du bien, que nuls besoins, nulle disproportion, nuls artifices, ne peuvent séparer de ceux qu'ils se sont une fois choisis pour amis ; et, après cette précaution, disons hardiment une chose triste et douloureuse à imaginer : il n'y a personne au monde si bien lié avec nous de société et de bienveillance, qui nous aime, qui nous goûte, qui nous fait mille offres de services, et qui nous sert quelquefois, qui n'ait en soi, par attachement à son intérêt, des dispositions très-proches à rompre avec nous, et à devenir notre ennemi.

Zénobie ou la vanité de la magnificence.

Ni les troubles, *Zénobie*[2], qui agitent votre empire, ni la guerre que vous soutenez virilement contre une nation puissante depuis la mort du roi votre époux, ne diminuent rien de votre magnificence : vous avez préféré à toute autre contrée les rives de l'Euphrate pour y élever un superbe édifice ; l'air y est sain et tempéré, la situation en est riante ; un bois sacré l'ombrage du côté

1. *Avides du denier dix* : C'est prêter à dix pour cent.
2. *Zénobie*, reine de Palmyre, veuve d'Odénat ; vaincue par Aurélien, elle orna son triomphe (273. avant J. C.).

du couchant ; les dieux de Syrie, qui habitent quelquefois la terre, n'y auraient pu choisir une plus belle demeure ; la campagne autour est couverte d'hommes qui taillent et qui coupent, qui vont et qui viennent, qui roulent ou qui charrient le bois du Liban, l'airain et le porphyre ; les grues et les machines gémissent dans l'air, et font espérer, à ceux qui voyagent vers l'Arabie, de revoir à leur retour en leurs foyers ce palais achevé, et dans cette splendeur où vous désirez de le porter, avant de l'habiter vous et les princes vos enfants. N'y épargnez rien, grande reine ; employez-y l'or et tout l'art des plus excellents ouvriers ; que les Phidias et les Zeuxis de votre siècle déploient toute leur science sur vos plafonds et sur vos lambris ; tracez-y de vastes et de délicieux jardins, dont l'enchantement soit tel qu'ils ne paraissent pas faits de la main des hommes ; épuisez vos trésors et votre industrie sur cet ouvrage incomparable ; et après que vous y aurez mis, Zénobie, la dernière main, quelqu'un de ces pâtres qui habitent les sables voisins de Palmyre, devenu riche par les péages de vos rivières, achètera un jour à deniers comptants cette royale maison pour l'embellir, et la rendre plus digne de lui et de sa fortune.

Le Riche.

Giton a le teint frais, le visage plein et les joues pendantes, l'œil fixe et assuré, les épaules larges, l'estomac haut, la démarche ferme et délibérée ; il parle avec confiance, il fait répéter celui qui l'entretient, et il ne goûte que médiocrement tout ce qu'il lui dit ; il déploie un ample mouchoir[1], et se mouche avec grand bruit ; il

1. *Un ample mouchoir*, détail caractéristique chez un ignorant parvenu à la fortune.

crache fort loin, et il éternue fort haut; il dort le jour, il dort la nuit, et profondément; il ronfle en compagnie. Il occupe à table et à la promenade plus de place qu'un autre : il tient le milieu en se promenant avec ses égaux : il s'arrête, et l'on s'arrête; il continue de marcher, et l'on marche : tous se règlent sur lui : il interrompt, il redresse ceux qui ont la parole; on ne l'interrompt pas, on l'écoute aussi longtemps qu'il veut parler; on est de son avis, on croit les nouvelles qu'il débite. S'il s'assied, vous le voyez s'enfoncer dans un fauteuil, croiser[1] les jambes l'une sur l'autre, froncer le sourcil, abaisser son chapeau sur ses yeux pour ne voir personne, ou le relever ensuite, et découvrir son front par fierté et par audace. Il est enjoué, grand rieur, impatient, présomptueux, colère, libertin[2], politique, mystérieux sur les affaires du temps; il se croit des talents et de l'esprit. Il est riche.

Le Pauvre.

Phédon a les yeux creux, le teint échauffé, le corps sec, et le visage maigre : il dort peu, et d'un sommeil fort léger; il est abstrait, rêveur, et il a, avec de l'esprit, l'air d'un stupide : il oublie de dire ce qu'il sait, ou de parler d'évènements qui lui sont connus; et s'il le fait quelquefois, il s'en tire mal; il croit peser à ceux à qui il parle, il conte brièvement, mais froidement; il ne se fait pas écouter. Il ne fait point rire : il applaudit, il sourit à ce que les autres lui disent; il est de leur avis; il court, il vole pour leur rendre de petits services : il

1. *Croiser les jambes, etc.* — Ce sans façon peint bien le riche mal élevé qui croit que la fortune fait tout pardonner.
2. *Libertin* doit être pris ici dans le sens d'irréligieux.

est complaisant, flatteur, empressé ; il est mystérieux sur ses affaires, quelquefois menteur ; il est superstitieux, scrupuleux, timide ; il marche doucement et légèrement ; il semble craindre de fouler la terre : il marche les yeux baissés, et il n'ose les lever sur ceux qui passent ; il n'est jamais du nombre de ceux qui forment un cercle pour discourir ; il se met derrière celui qui parle, recueille furtivement ce qui se dit, et il se retire si on le regarde. Il n'occupe point de lieu, il ne tient point de place ; il va les épaules serrées, le chapeau abaissé sur ses yeux pour n'être point vu ; il se replie et se renferme dans son manteau : il n'y a point de rues ni de galeries si embarrassées et si remplies de monde, où il ne trouve moyen de passer sans effort, et de se couler sans être aperçu. Si on le prie de s'asseoir, il se met à peine sur le bord d'un siège ; il parle bas dans la conversation, et il articule mal ; libre néanmoins sur les affaires publiques, chagrin contre le siècle, médiocrement prévenu des ministres et du ministère. Il n'ouvre la bouche que pour répondre ; il tousse, il se mouche sous son chapeau ; il crache presque sur soi, et il attend qu'il soit seul pour éternuer, ou si cela lui arrive, c'est à l'insu de la compagnie ; il n'en coûte à personne ni salut ni compliment. Il est pauvre[1].

1. Remarquez dans ces deux portraits du Riche et du Pauvre qui s'opposent l'un à l'autre, ce mot de la fin qui explique tout ce qui précède d'une façon si extraordinaire et si lumineuse.

DE LA VILLE

Mœurs de nos ancêtres.

Les Empereurs n'ont jamais triomphé à Rome si mollement, si commodément, ni si sûrement même, contre le vent, la pluie, la poudre et le soleil, que le bourgeois sait à Paris se faire mener par toute la ville : quelle distance de cet usage à la mule de leurs ancêtres ! Ils ne savaient point encore se priver du nécessaire pour avoir le superflu, ni préférer le faste aux choses utiles : on ne les voyait point s'éclairer avec des bougies [1], et se chauffer à un petit feu : la cire était pour l'autel et pour le Louvre. Ils ne sortaient point d'un mauvais dîner, pour monter dans leur carrosse ; ils se persuadaient que l'homme avait des jambes pour marcher, et ils marchaient. Ils se conservaient propres quand il faisait sec, et dans un temps humide, ils gâtaient leur chaussure, aussi embarrassés de franchir les rues et les carrefours, que le chasseur de traverser un guéret, ou le soldat de se mouiller dans une tranchée. On n'avait pas encore imaginé d'atteler deux hommes à une litière : il y avait même plusieurs magistrats qui allaient à pied à la cham-

1. *Avec des bougies.* Du temps de La Bruyère, la bougie, ou comme on disait alors, des chandelles de bougie, était un vrai luxe. On la nommait ainsi, parce qu'on allait chercher la cire dont on la faisait, à Bougie, ville de la côte d'Afrique aujourd'hui dans la province de Constantine.

bre ou aux enquêtes, d'aussi bonne grâce qu'Auguste [1] autrefois allait de son pied au Capitole. L'étain dans ce temps brillait sur les tables et sur les buffets, comme le fer et le cuivre dans les foyers; l'argent et l'or étaient dans les coffres [2]. Les femmes se faisaient servir par des femmes; on mettait celles-ci jusqu'à la cuisine. Les beaux noms de gouverneurs et de gouvernantes n'étaient pas inconnus à nos pères: ils savaient à qui l'on confiait les enfants des rois et des plus grands princes; mais ils partageaient le service de leurs domestiques avec leurs enfants, contents de veiller eux-mêmes immédiatement à leur éducation. Ils comptaient en toutes choses avec eux-mêmes; leurs dépense était proportionnée à leur recette; leurs livrées, leurs équipages, leurs meubles, leur table, leurs maisons de la ville et de la campagne, tout

1. *Auguste.* 1er empereur romain (62 av. J. C. — 14 ap. J. C.).
2. *Dans les coffres.* Tout ce tableau de la simplicité des mœurs de nos ancètres a été vivement critiqué, et peut-être injustement par Voltaire. (Tome XXXVIII p. 19. *Politique et législation.*)
« Que prétendait, dit-il, l'amer, le satirique La Bruyère, que « voulait dire ce misanthrope forcé, en s'écriant: Nos ancêtres « ne savaient point préférer le faste aux choses utiles: on ne les « voyait point s'éclairer avec des bougies, la cire était pour l'au- « tel et pour le Louvre .. Ils ne disaient point: Qu'on mette les « chevaux à mon carrosse... L'étain brillait sur les tables et sur « les buffets, l'argent était dans les coffres. » — « Ne voilà-t-il pas un plaisant éloge à donner à nos pères, de ce qu'ils n'avaient ni abondance, ni industrie, ni goût, ni propreté? L'argent était dans les coffres. Si cela était, c'était une très grande sottise. L'argent est fait pour circuler, pour faire éclore tous les arts, pour acheter l'industrie des hommes. Qui le garde est mauvais citoyen et même est mauvais ménager. »
Voltaire en parle bien à son aise, et ne tient pas assez compte du temps auquel se rapporte ce passage de la Bruyère. Il est évident qu'au XVIIIe siècle, et encore plus de nos jours, celui-là serait insensé, qui laisserait dormir sa fortune dans les coffres. L'argent, aujourd'hui, s'achète et se vend comme toute espèce de marchandises, et Voltaire en sut faire un très habile usage, puisque, à sa mort, il avait environ 250 mille francs de rente.

était mesuré sur leurs rentes et sur leur condition : il y avait entre eux des distinctions extérieures qui empêchaient qu'on ne prît la femme du praticien pour celle du magistrat, et le roturier ou le simple valet pour le gentilhomme. Moins appliqués à dissiper ou à grossir leur patrimoine qu'à le maintenir, ils le laissaient entier à leurs héritiers, et passaient ainsi d'une vie modérée à une mort tranquille. Ils ne disaient point : *Le siècle est dur, la misère est grande, l'argent est rare ;* ils en avaient moins que nous, et en avaient assez, plus riches par leur économie et par leur modestie, que de leurs revenus et de leurs domaines. Enfin, l'on était alors pénétré de cette maxime, que ce qui est dans les grands splendeur, somptuosité, magnificence, est dissipation, folie, ineptie dans le particulier.

DE LA COUR

Selon que vous serez puissant ou misérable,
Les jugements de cour vous rendront blanc ou noir.

Je vois un homme entouré et suivi, mais il est en place; j'en vois un autre que tout le monde aborde, mais il est en faveur. Celui-ci est embrassé et caressé, même des grands; mais il est riche. Celui-là est regardé de tous avec curiosité, on le montre du doigt; mais il est savant et éloquent. J'en découvre un que personne n'oublie de saluer; mais il est méchant. Je veux un homme qui soit bon, qui ne soit rien davantage, et qui soit recherché.

Vient-on de placer quelqu'un dans un nouveau poste, c'est un débordement de louanges en sa faveur qui inonde les cours et la chapelle, qui gagne l'escalier, les salles, la galerie, tout l'appartement; on en a au-dessus des yeux; on n'y tient pas. Il n'y a pas deux voix différentes sur ce personnage; l'envie, la jalousie, parlent comme l'adulation. Tous se laissent entraîner au torrent qui les emporte, qui les force de dire d'un homme ce qu'il en pensent ou ce qu'ils n'en pensent pas, comme de louer souvent celui qu'ils ne connoissent point. L'homme d'esprit, de mérite ou de valeur, devient, en un instant, un génie du premier ordre, un héros, un demi-dieu. Il est si prodigieusement flatté dans toutes les peintures que l'on fait de lui, qu'il paroît difforme près de ses portraits; il lui est impossible d'arriver jamais jusqu'où la bassesse et la complaisance viennent de le porter; il rougit de sa propre réputation. Commence-t-il à chanceler dans ce poste où on l'avoit mis, tout le monde passe facilement à un autre avis; en est-il entièrement déchu, les machines qui l'avoient guindé si haut par l'applaudissement et les éloges sont encore toutes dressées pour le faire tomber dans le dernier mépris; je veux dire qu'il n'y en a point qui le dédaignent mieux, qui le blâment plus aigrement, et qui en disent plus de mal, que ceux qui s'étoient comme dévoués à la fureur d'en dire du bien[1].

Aux riches les parents pleuvent de toutes parts.

Que d'amis[2], que de parents naissent en une nuit au nouveau ministre! Les uns font valoir leurs anciennes liaisons, leur société d'études, les droits du voisinage; les autres feuillettent leur généalogie, remontent jusqu'à un trisaïeul, rappellent le côté paternel et le maternel: l'on veut tenir à cet homme par quelque endroit, et l'on dit plusieurs fois le jour que l'on y tient; on l'imprimeroit volontiers: *C'est mon ami, et je suis fort aise de son élévation, j'y dois prendre part, il m'est assez proche*. Hommes vains et dévoués à la fortune, fades courtisans, parliez-vous ainsi, il y a huit jours? Est-

1. Cela est arrivé, paraît-il, au maréchal de Luxembourg, nommé général en chef de l'armée de Flandre, en 1675, puis disgrâcié en 1679, à propos de l'affaire des poisons, c'est-à-dire, du procès de la Brinvilliers. Exilé, il ne revint qu'en 1681.

2. *Que d'amis.* — L'auteur vise ici le maréchal de Villeroy qui, lors de l'élévation de M. Pelletier au contrôle général, s'écria « qu'il en était ravi, parce qu'ils étaient parents », ce qui n'était pas vrai.

il devenu, depuis ce temps, plus homme de bien, plus digne du choix que le prince en vient de faire ? Attendiez-vous cette circonstance pour le mieux connoître ?

Sages résolutions oubliées dans la prospérité.

Les deux tiers de ma vie sont écoulés ; pourquoi tant m'inquiéter sur ce qui m'en reste ? La plus brillante fortune ne mérite point ni le tourment que je me donne, ni les petitesses où je me surprends, ni les humiliations, ni les hontes que j'essuie : trente années détruiront ces colosses de puissance qu'on ne voyoit bien qu'à force de lever la tête ; nous disparoîtrons, moi qui suis si peu de chose, et ceux que je contemplois si avidement, et de qui j'espérois toute ma grandeur. Le meilleur de tous les biens, s'il y a des biens, c'est le repos, la retraite, et un endroit qui soit son domaine. N*** a pensé cela dans sa disgrâce, et l'a oublié dans la prospérité.

Diseurs de bons mots — L'amitié est une chose si excellente, qu'on en aime jusqu'aux apparences.

Diseurs de bons mots, mauvais caractère : je le dirois, s'il n'avoit été dit[1]. Ceux qui nuisent à la réputation ou à la fortune des autres, plutôt que de perdre un bon mot, méritent une peine infamante : cela n'a pas été dit, et je l'ose dire.

Il y a un certain nombre de phrases toutes faites que l'on prend comme dans un magasin, et dont l'on se sert pour se féliciter les uns les autres sur les événements. Bien qu'elles se disent souvent sans affection, et qu'elles

1. *S'il n'avoit été dit.* Cela a été dit par Pascal.

soient reçues sans reconnoissance, il n'est pas permis avec cela de les omettre, parce que, du moins, elles sont l'image de ce qu'il y a au monde de meilleur, qui est l'amitié, et que les hommes, ne pouvant guère compter les uns sur les autres pour la réalité, semblent être convenus entre eux de se contenter des apparences.

Un parvenu se croit souvent tout le mérite de l'emploi.

Il y a des gens à qui la faveur arrive comme un accident ; ils en sont les premiers surpris et consternés ; ils se reconnaissent enfin, et se trouvent dignes de leur étoile ; et comme si la stupidité et la fortune étaient deux choses incompatibles, ou qu'il fût impossible d'être heureux et sot tout à la fois, ils se croient de l'esprit, ils hasardent, que dis-je ? ils ont la confiance de parler en toute rencontre, et sur quelque matière qui puisse s'offrir, et sans nul discernement des personnes qui les écoutent. Ajouterai-je qu'ils épouvantent ou qu'ils donnent le dernier dégoût par leur fatuité et par leurs fadaises ? Il est vrai, du moins, qu'ils déshonorent sans ressource ceux qui ont quelque part au hasard de leur élévation.

DES GRANDS

Les grands croient être seuls parfaits.

Les grands croient[1] être seuls parfaits, n'admettant qu'à peine dans les autres hommes la droiture d'esprit, l'habileté, la délicatesse, et s'emparent de ces riches talents, comme de choses dues à leur naissance. C'est cependant en eux une erreur grossière de se nourrir de si fausses préventions ; ce qu'il y a jamais eu de mieux pensé, de mieux dit, de mieux écrit, et peut-être d'une conduite plus délicate, ne nous est pas toujours venu de leur fonds. Ils ont de grands domaines et une longue suite d'ancêtres ; cela ne leur peut être contesté.

Une profession de foi démocratique.

Si je compare ensemble les deux conditions des hommes les plus opposées, je veux dire les grands avec le peuple, ce dernier me paroit content du nécessaire, et les autres sont inquiets et pauvres avec le superflu. Un homme du peuple ne sauroit faire aucun mal ; un grand ne veut faire aucun bien, et est capable de grands maux. L'un ne se forme et ne s'exerce que dans les choses qui

1. *Les grands croient.* On sent, dans tout ce paragraphe, que La Bruyère est gêné ; le sujet est délicat, cependant il va droit au but.

sont utiles ; l'autre y joint les pernicieuses. Là se montrent ingénument la grossièreté et la franchise ; ici se cache une sève maligne et corrompue, sous l'écorce de la politesse. Le peuple n'a guère d'esprit [1], et les grands n'ont point d'âme ; celui-là a un bon fond, et n'a point de dehors ; ceux-ci n'ont que des dehors et qu'une simple superficie. Faut-il opter ? Je ne balance pas, je veux être peuple.

Insolence des valets.

Le suisse, le valet de chambre, l'homme de livrée, s'il n'ont plus d'esprit que ne porte leur condition, ne jugent plus d'eux-mêmes par leur première bassesse, mais par l'élévation et la fortune des gens qu'ils servent, et mettent tous ceux qui entrent par leur porte, et montent leur escalier, indifféremment au-dessous d'eux et de leurs maîtres ; tant il est vrai qu'on est destiné à souffrir des grands et de ce qui leur appartient.

On loue les grands bien souvent par vanité.

On loue les grands pour marquer qu'on les voit de près, rarement par estime ou par gratitude. On ne connoît pas souvent ceux que l'on loue : la vanité ou la légèreté l'emporte quelquefois sur le ressentiment ; on est mal content d'eux et on les loue.

1. *Le peuple n'a guère d'esprit.* N'a-t-on pas dit : « Il y a quelqu'un qui a plus d'esprit que Voltaire, c'est tout le monde. » Aujourdh'ui, tout le monde, n'est-ce pas le peuple ?

Le bien ne fait pas de bruit....

Les meilleures actions s'altèrent et s'affoiblissent par la manière dont on les fait, et laissent même douter des intentions. Celui qui protège ou qui loue la vertu pour la vertu, qui corrige ou qui blâme le vice à cause du vice, agit simplement, naturellement, sans aucun tour, sans nulle singularité, sans faste, sans affectation : il n'use point de réponses graves [1] et sentencieuses, encore moins de traits piquants et satiriques ; ce n'est jamais une scène qu'il joue pour le public, c'est un bon exemple qu'il donne, et un devoir dont il s'acquitte ; il ne fournit rien aux visites des femmes, ni au cabinet [2], ni aux nouvellistes ; ils ne donne point à un homme agréable la matière d'un joli conte. Le bien qu'il vient de faire est un peu moins su, à la vérité ; mais il a fait ce bien : que voudroit-il davantage ?

L'eau bénite de cour.

Théognis [3] est recherché dans son ajustement, et il sort paré comme une femme ; il n'est pas hors de sa maison, qu'il a déjà ajusté ses yeux et son visage, afin que ce soit une chose faite quand il sera dans le public, qu'il y paroisse tout concerté, que ceux qui passent le trouvent

1. *Il n'use point de réponses graves...* Il paraît que La Bruyère a voulu désigner ici le président du Harlay, qui ne parlait que par sentences et maximes.
2. *Ni au cabinet.* Lieu où se réunissaient, à certains jours, des savants et des écrivains. De ces réunions, vint la première idée de l'Académie française, qui fut fondée par Richelieu, en 1635.
3. *Théognis.* La clé désigne de Harlay, archevêque de Paris, mort en 1695.

déjà gracieux et leur souriant, et que nul ne lui échappe. Marche-t-il dans les salles, il se tourne à droite où il y a un grand monde, et à gauche où il n'y a personne; il salue ceux qui y sont et ceux qui n'y sont pas. Il embrasse un homme qu'il trouve sous sa main, il lui presse la tête contre sa poitrine; il demande ensuite qui est celui qu'il a embrassé. Quelqu'un a besoin de lui dans une affaire qui est facile; il va le trouver, lui fait sa prière. Théognis l'écoute favorablement; il est ravi de lui être bon à quelque chose; il le conjure de faire naître des occasions de lui rendre service; et, comme celui-ci insiste sur son affaire, il lui dit qu'il ne la fera point; il le prie de se mettre en place, il l'en fait juge. Le client sort, reconduit, caressé, confus, presque content d'être refusé.

DU SOUVERAIN OU DE LA RÉPUBLIQUE

Image naïve d'un bon prince.

Quand vous voyez[1] quelquefois un nombreux troupeau qui, répandu sur une colline, vers le déclin d'un beau jour, paît tranquillement le thym et le serpolet, ou qui broute dans une prairie une herbe menue et tendre qui a échappé à la faux du moissonneur, le berger soigneux et attentif est debout auprès de ses brebis; il ne les perd pas de vue, il les suit, il les conduit, il les change de pâturage: si elles se dispersent, il les rassemble; si un loup avide paroît, il lâche son chien qui le met en fuite; il les nourrit, il les défend; l'aurore le trouve déjà en pleine campagne, d'où il ne se retire qu'avec le soleil. Quels soins! quelle vigilance! quelle servitude! Quelle condition vous paroît la plus délicieuse et la plus libre, ou du berger ou des brebis? Le troupeau est-il fait pour le berger, ou le berger pour le troupeau? Image naïve des peuples et du prince qui les gouverne, s'il est bon prince.

1. *Quand vous voyez.* La comparaison du berger et du troupeau est fort ancienne, puisque déjà Homère appelle les rois pasteurs des peuples; cependant La Bruyère a eu l'art de la rajeunir à force de perfection. L'heureuse propriété des figures, la justesse des idées, et tout ensemble la magie du style, font de cette description une des pages les plus charmantes et les plus achevées de ce grand écrivain.

DE L'HOMME

Le faste et le luxe dans un souverain, c'est le berger habillé d'or et de pierreries, la houlette d'or en ses mains ; son chien a un collier d'or, il est attaché avec une laisse d'or et de soie. Que sert tant d'or à son troupeau ou contre les loups ?

Quelle heureuse place que celle qui fournit dans tous les instants l'occasion à un homme de faire du bien à tant de milliers d'hommes ! Quel dangereux poste que celui qui expose à tous moments un homme à nuire à un million d'hommes !

Ménalque ou le Distrait.

Ménalque[1] descend son escalier, ouvre sa porte pour sortir, il la renferme ; il s'aperçoit qu'il est en bonnet de nuit, et, venant à mieux s'examiner, il se trouve rasé à moitié, il voit que son épée est mise du côté droit, que ses bas sont rabattus sur ses talons, et que sa

1. Ceci est moins un caractère particulier qu'un recueil de faits de distraction. Ils ne sauroient être en trop grand nombre, s'ils sont agréables, car les goûts étant différents, on a à choisir. (*Note de La Bruyère.*) — Ménalque n'est autre que le comte de Brancas, « célèbre, dit Saint-Simon, par les prodigieuses distractions que La Bruyère a immortalisées dans ses Caractères. » Ménage et madame de Sévigné en parlent dans le même sens.

chemise est par-dessus ses chausses[1]. S'il marche dans les places, il se sent tout d'un coup rudement frapper à l'estomac ou au visage ; il ne soupçonne point ce que ce peut-être, jusqu'à ce qu'ouvrant les yeux et se réveillant il se trouve ou devant un limon de charrette, ou derrière un long ais de menuiserie que porte un ouvrier sur ses épaules. On l'a vu une fois se heurter du front contre celui d'un aveugle, s'embarrasser dans ses jambes et tomber avec lui, chacun de son côté, à la renverse. Il lui est arrivé plusieurs fois de se trouver tête pour tête à la rencontre d'un prince et sur son passage, se reconnoître à peine, et n'avoir que le loisir de de se coller à un mur pour lui faire place. Il cherche, il brouille[2], il crie, il s'échauffe, il appelle ses valets l'un après l'autre ; *on lui perd tout, on lui égare tout :* il demande ses gants qu'il a dans ses mains ; semblable à cette femme qui prenait le temps de demander son masque, lorsqu'elle l'avait sur son visage. Il entre à l'appartement, et passe sous un lustre où sa perruque s'accroche, et demeure suspendue : tous les courtisans regardent et rient ; Ménalque regarde aussi, et rit plus haut que les autres ; il cherche des yeux dans toute l'assemblée où est celui qui montre ses oreilles, et à qui il manque une perruque. S'il va par la ville, après avoir fait quelque chemin, il se croit égaré, il s'émeut, et il demande où il est à des passants qui lui disent précisément le nom de sa rue. Il entre ensuite dans sa maison, d'où il sort précipitamment, croyant qu'il s'est trompé. Il descend du Palais [3], et, trouvant au bas du

1. *Chausses* ou haut de chausses : c'était la partie inférieure de l'homme, qui prenait de la ceinture.
2. Var : *Il fourrage*.
3. *Du Palais* de justice.

grand degré [1] un carrosse qu'il prend pour le sien, il se met dedans : le cocher touche [2] et croit ramener son maître dans sa maison. Ménalque se jette hors de la portière, traverse la cour, monte l'escalier, parcourt l'antichambre, la chambre, le cabinet ; tout lui est familier, rien ne lui est nouveau ; il s'assied, il se repose, il est chez soi. Le maître arrive : celui-ci se lève pour le recevoir, il le traite fort civilement, le prie de s'asseoir, et croit faire les honneurs de sa chambre ; il parle, il rêve, il reprend la parole : le maître de la maison s'ennuie, et demeure étonné ; Ménalque ne l'est pas moins, et ne dit pas ce qu'il en pense ; il a affaire à un fâcheux, à un homme oisif, qui se retirera à la fin, il l'espère, et il prend patience : la nuit arrive, qu'il est à peine détrompé. Une autre fois, il rend visite à une femme ; et se persuadant bientôt que c'est lui qui la reçoit, il s'établit dans son fauteuil, et ne songe nullement à l'abandonner. Il trouve que cette dame fait ses visites longues ; il attend à tous moments qu'elle se lève et le laisse en liberté ; mais comme cela tire en longueur, qu'il a faim, et que la nuit est déjà avancée, il la prie à souper ; elle rit, et si haut, qu'elle le réveille. Lui-même se marie [3] le matin, l'oublie le soir, et découche la nuit de ses noces [4], et quelques années après, il perd sa femme, elle meurt entre ses bras, il assiste à ses obsèques, et, le lendemain, quand

1. *Du grand degré.* Du grand escalier.

2. *Touche.* Fouette ses chevaux.

3. *Lui-même se marie.* Ce singulier oubli est raconté par la mère du Régent (la princesse Palatine), dans sa correspondance. (Lettre du 8 octobre 1719.)

4. Ceci peut paraître exagéré, mais on a eu de notre temps même des exemples de faits analogues. Il est arrivé à un illustre savant, mort il y a quelques années, et connu par ses distractions, d'oublier son nom au moment de signer son contrat de mariage.

on lui vient dire qu'on a servi, il demande si sa femme est prête, si elle est avertie. C'est lui encore qui entre dans une église, et, prenant l'aveugle qui est collé à la porte pour un pilier et sa tasse pour le bénitier, y plonge la main, la porte à son front, lorsqu'il entend tout d'un coup le pilier qui parle, et qui lui offre des oraisons. Il s'avance [1] dans la nef ; il croit voir un prie-Dieu, il se jette lourdement dessus ; la machine plie, s'enfonce et fait des efforts pour crier. Ménalque est surpris de se voir à genoux sur les jambes d'un fort petit homme, appuyé sur son dos, les deux bras passé sur ses épaules et ses deux mains jointes et étendues qui lui prennent le nez et lui ferment la bouche. Il se retire confus, et va s'agenouiller ailleurs ; il tire un livre pour faire sa prière, et c'est sa pantoufle qu'il a prise pour ses heures [2], et qu'il a mise dans sa poche avant que de sortir. Il n'est pas hors de l'église qu'un homme de livrée court après lui, le joint, lui demande en riant s'il n'a point la pantoufle de monseigneur. Ménalque lui montre la sienne, et lui dit : *Voilà toutes les pantoufles que j'ai sur moi ;* il se fouille néanmoins, et tire celle de l'évêque de***, qu'il vient de quitter, qu'il a trouvé malade auprès de son feu, et dont, avant de prendre congé de lui, il a ramassé la pantoufle, comme l'un de ses gants qui étoit à terre : ainsi Ménalque s'en retourne chez soi avec un pantoufle de moins. Il a une fois perdu au jeu tout l'argent qui est dans sa bourse, et, voulant continuer de jouer, il entre dans son cabinet, ouvre une armoire, y prend sa cassette, en tire ce qu'il lui plaît, croit la remettre où il l'a prise ; il entend aboyer

1. *Il s'avance.* Cette méprise est encore attribuée à Brancas, et *le prie-Dieu* n'était autre que la reine-mère.

2. *Ses heures.* Livre de prières ainsi nommé parce qu'il indique les heures où l'on doit prier.

dans son armoire qu'il vient de fermer; étonné de ce prodige, il l'ouvre une seconde fois, et il éclate de rire d'y voir son chien, qu'il a serré pour sa cassette. Il joue au trictrac, il demande à boire, on lui en apporte; c'est à lui à jouer, il tient le cornet d'une main et un verre de l'autre, et comme il a une grande soif, il avale les dés et presque le cornet, jette le verre d'eau dans le trictrac et inonde celui contre qui il joue. Et dans une chambre où il est familier, il crache sur le lit et jette son chapeau à terre, en croyant faire tout le contraire. Il se promène sur l'eau, et il demande quelle heure il est. On lui présente une montre; à peine l'a-t-il reçue, que, ne songeant plus ni à l'heure ni à la montre, il la jette dans la rivière, comme une chose qui l'embarrasse. Lui-même écrit une longue lettre, met de la poudre dessus, à plusieurs reprises, et jette toujours la poudre dans l'encrier. Ce n'est pas tout: il écrit une seconde lettre, et, après les avoir cachetées toutes deux, il se trompe à l'adresse. Un duc et pair reçoit l'une de ces deux lettres, et, en l'ouvrant, y lit ces mots: *Maître Olivier, ne manquez pas, sitôt la présente reçue, de m'envoyer ma provision de foin*... Son fermier reçoit l'autre, il l'ouvre, et se la fait lire; on y trouve: *Monseigneur, j'ai reçu avec une soumission aveugle les ordres qu'il a plu à Votre Grandeur*... Lui-même encore écrit une lettre pendant la nuit, et, après l'avoir cachetée, il éteint sa bougie; il ne laisse pas d'être surpris de ne voir *goutte* [1], et il sait à peine comment cela est arrivé.

Ménalque descend l'escalier du Louvre, un autre le monte, à qui il dit: *C'est vous que je cherche*; il le

1. *Ne voir goutte*. Pour appuyer la négation *ne*, on y joint un mot qui exprime une chose très-petite, goutte, mie, pas, point.

prend par la main, le fait descendre avec lui, traverse plusieurs cours, entre dans les salles, en sort; il va, il revient sur ses pas; il regarde enfin celui qu'il traîne après soi depuis un quart d'heure: il est étonné que ce soit lui, il n'a rien à lui dire, il lui quitte la main, et tourne d'un autre côté. Souvent il vous interroge, et il est déjà bien loin de vous quand vous songez à lui répondre; ou bien il vous demande en courant comment se porte votre père; et comme vous lui dites qu'il est fort mal, il vous crie qu'il en est bien aise. Il vous trouve quelque autre fois sur son chemin: *Il est ravi de vous rencontrer; il sort de chez vous pour vous entretenir d'une certaine chose.* Il contemple votre main: *Vous avez là,* dit-il, *un beau rubis; est-il balais*[1]? Il vous quitte et continue sa route: voilà l'affaire importante dont il avait à vous parler. Se trouve-t-il en campagne, il dit à quelqu'un qu'il le trouve heureux d'avoir pu se dérober à la cour pendant l'automne, et d'avoir passé dans ses terres tout le temps de Fontainebleau; il tient à d'autres d'autres discours; puis, revenant à celui-ci: Vous avez eu, lui dit-il, de beaux jours à Fontainebleau; vous y avez sans doute beaucoup chassé. Il commence ensuite un conte qu'il oublie d'achever; il rit en lui-même, il éclate d'une chose qui lui passe par l'esprit, il répond à sa pensée, il chante entre ses dents, il siffle, il se renverse dans une chaise, il pousse un cri plaintif, il bâille, il se croit seul. S'il se trouve à un repas, on voit le pain se multiplier insensiblement sur son assiette: il est vrai que ses voisins en manquent, aussi bien que de couteaux et de fourchettes, dont il ne les laisse pas jouir longtemps. On a inventé aux tables une grande cuiller[2]

2. *Balais*. Qualité d'un rubis excellent. Ce nom vient de *Balassia*, qui est un rubis de couleur rose ou rouge violacé.

3, On écrivait aussi cuillère.

pour la commodité du service : il la prend, la plonge dans le plat, l'emplit, la porte à sa bouche, et il ne sort pas d'étonnement de voir répandu sur son linge et sur ses habits le potage qu'il vient d'avaler. Il oublie de boire pendant tout le dîner ; ou s'il s'en souvient et qu'il trouve que l'on lui donne trop de vin, il en *flaque*[1] plus de la moitié au visage de celui qui est à sa droite ; il boit le reste tranquillement, et ne comprend pas pourquoi tout le monde éclate de rire de ce qu'il a jeté à terre ce qu'on lui a versé de trop. Il est un jour retenu au lit pour quelque incommodité : on lui rend visite ; il y a un cercle d'hommes et de femmes dans sa ruelle qui l'entretiennent, et, en leur présence, il soulève sa couverture et crache dans ses draps. On le mène aux Chartreux, on lui fait voir un cloître orné d'ouvrages, tous de la main d'un excellent peintre[2] ; le religieux qui les lui explique parle de saint BRUNO[3], du chanoine et de son aventure, en fait une longue histoire, et la

1. *Il en flaque.* Mot nouveau qui ne se trouve point dans la première édition de l'Académie, et qui est encore aujourd'hui peu usité.

2. *D'un excellent peintre.* D'Eustache Lesueur, qui avait orné le cloître des Chartreux de Paris, de vingt-deux belles peintures représentant l'histoire de Saint-Bruno.

3. *Saint-Bruno* naquit à Cologne, vers l'an 1030. Il était sur le point d'être nommé à l'archevêché de Reims, lorsqu'un miracle, dit-on, le détermina à se retirer dans la solitude ; il y fonda un ordre religieux, qui prit le nom de *Chartreux*, du village de Chartreuse, situé dans le voisinage, à huit kilomètres de Grenoble. Voici ce miracle : on allait ensevelir Raymond, chanoine de Paris, célèbre par son éloquence et son savoir ; en présence de tous ceux qui étaient accourus pour assister à ses funérailles, le mort se releva dans sa bière, s'écria qu'il était accusé, jugé et damné par le tribunal de Dieu, et s'affaissa aussitôt sur lui-même. L'histoire de cette apparition miraculeuse a été retranchée du brevière romain, sous le pape Urbain VIII.

montre dans l'un de ses tableaux. Ménalque, qui pendant la narration, est hors du cloître, et bien loin au delà, y revient enfin, et demande au père si c'est le chanoine ou saint Bruno qui est damné. Il se trouve par hasard avec une jeune veuve ; il lui parle de son défunt mari, lui demande comment il est mort. Cette femme, à qui ce discours renouvelle ses douleurs, pleure, sanglote, et ne laisse pas de reprendre tous les détails de la maladie de son époux, qu'elle conduit depuis la veille de sa fièvre, qu'il se portoit bien, jusqu'à l'agonie. *Madame*, lui demande Ménalque, qui l'avoit apparemment écoutée avec attention, *n'aviez-vous que celui-là?* Il s'avise un matin de faire hâter dans sa cuisine, il se lève avant le fruit, et prend congé de la compagnie. On le voit ce jour-là en tous les endroits de la ville, hormis en celui où il a donné un rendez-vous précis pour cette affaire qui l'a empêché de dîner, et l'a fait sortir à pied, de peur que son carrosse ne le fît attendre. L'entendez-vous crier, gronder, s'emporter contre un de ses domestiques ? Il est étonné de ne le point voir. Où peut-il être? dit-il; que fait-il? qu'est-il devenu? Qu'il ne se présente plus devant moi, je le chasse dès à cette heure. Le valet arrive, à qui il demande fièrement d'où il vient; il lui répond qu'il vient de l'endroit où il l'a envoyé, et il lui rend un fidèle compte de sa commission. Vous le prendriez souvent pour ce qu'il n'est pas : pour un stupide, car il n'écoute point, et il parle encore moins; pour un fou, car, outre qu'il parle tout seul, il est sujet à de certaines grimaces et à des mouvements involontaires ; pour un homme fier et incivil, car vous le saluez, et il passe sans vous regarder, ou il vous regarde sans vous rendre le salut; pour un inconsidéré, car il parle de banqueroute au milieu d'une famille où il y a cette tache ; d'exécution et d'échaufaud devant une homme dont le père y a monté ; de roture devant des roturiers qui sont riches et qui se donnent pour nobles. De même, il a dessein d'élever auprès de soi un fils naturel, sous le nom et le personnage d'un valet, et, quoiqu'il veuille le dérober à la connoissance de sa femme et de ses enfants, il lui échappe de l'appeler son fils dix fois le jour. Il a pris aussi la résolution de marier son fils à la fille d'un homme d'affaires, et il ne laisse pas de dire de temps en temps, en parlant de sa maison et de ses ancêtres, que les Ménalques ne se sont jamais mésalliés. Enfin, il n'est ni présent ni attentif dans une compagnie à ce qui fait le sujet de la conversation. Il pense et il parle tout à la fois ; mais la chose dont il parle est rarement celle à laquelle il pense ; aussi ne parle-t-il guère conséquemment et avec suite : où il dit *non*, souvent il faut dire *oui* ; et où il dit *oui*, croyez qu'il veut dire *non*. Il a, en vous répondant si juste, les yeux fort ouverts, mais il ne s'en sert point ; il ne regarde ni vous ni personne, ni rien qui soit au monde ; tout ce que vous pouvez tirer de lui, et encore dans le temps qu'il est le plus appliqué et d'un meilleur commerce, ce sont ces mots : *Oui, vraiment*, *C'est vrai*, *Bon! Tout de bon? Oui-dà! Je pense qu'oui*, *Assurément*, *Ah! ciel!* et quelques autres monosyllabes qui ne sont pas même placés à propos. Jamais aussi il n'est avec ceux avec qui il paroît être ; il appelle sérieusement son laquais *monsieur;* et son ami il l'appelle *la Verdure*. Il dit *Votre Révérence* à un prince du sang, et *Votre Altesse* à un jésuite. Il entend la messe ; le prêtre vient à éternuer ; il lui dit : *Dieu vous assiste!* Il se trouve avec un magistrat ; cet homme grave par son caractère, vénérable par son âge et par sa dignité, l'interroge sur un événement, et lui demande si cela est ainsi ; Ménalque lui répond ;

Oui mademoiselle. Il revient une fois de la campagne ; ses laquais en livrée entreprennent de le voler, et y réussissent ; ils descendent de son carrosse, lui portent un bout de flambeau sous la gorge, lui demandent la bourse, et il la rend. Arrivé chez soi, il raconte son aventure à ses amis, qui ne manquent pas de l'interroger sur les circonstances, et il leur dit : *Demandez à mes gens, ils y étaient.*

Irène ou la malade imaginaire.

Irène se transporte à grands frais en Épidaure, voit Esculape dans son temple, et le consulte sur tous ses maux. D'abord elle se plaint qu'elle est lasse et recrue de fatigue, et le dieu prononce que cela lui arrive par la longueur du chemin qu'elle vient de faire. Elle dit qu'elle est le soir sans appétit[1] ; l'oracle lui ordonne de dîner peu ; elle ajoute qu'elle est sujette à des insomnies, et il lui prescrit de n'être au lit que pendant la nuit : elle lui demande pourquoi elle devient pesante, et quel remède ; l'oracle répond qu'elle doit se lever avant midi, et quelquefois se servir de ses jambes pour marcher : elle lui déclare que le vin lui est nuisible ; l'oracle lui dit de boire de l'eau : qu'elle a des indi-

1. *Sans appétit.* Citons, à ce propos les jolis vers de Voltaire sur le même sujet :

« Oui, je sais qu'il est doux de voir, dans ses jardins,
Ces beaux fruits incarnats et de Perse et d'Épire[1],
De savourer en paix la sève de ses vins,
Et de manger ce qu'on admire.
J'aime fort un faisan qu'à propos on rôtit ;
De ces perdreaux maillés le fumet seul m'attire ;
Mais je voudrais encore avoir de l'appétit.

VOLTAIRE : *Les désagréments de la vieillesse.*

1. Contrée de l'ancienne Grèce ; aujourd'hui partie méridionale de l'Albanie.

gestions, et il ajoute qu'elle fasse diète. Ma vue s'affoiblit, dit Irène : Prenez des lunettes, dit Esculape. Je m'affoiblis moi-même, continue-t-elle, et je ne suis ni si forte ni si saine que j'ai été : C'est, dit le dieu, que vous vieillissez. Mais quel moyen de guérir de cette langueur ? Le plus court, Irène, c'est de mourir comme ont fait votre mère et votre aïeule. Fils d'Apollon, s'écrie Irène, quel conseil me donnez-vous ? Est-ce là toute cette science que les hommes publient, et qui vous fait révérer de toute la terre ? Que m'apprenez-vous de rare et de mystérieux ? Et ne savois-je pas tous ces remèdes que vous m'enseignez ? Que n'en usiez-vous donc, répond le dieu, sans venir me chercher de si loin, et abréger vos jours par un long voyage[1] ?

La mort n'arrive qu'une fois, et se fait sentir à tous les moments de la vie : il est plus dur de l'appréhender que de la souffrir ?

Les enfants.

Les enfants sont hautains, dédaigneux[2], colères, envieux, curieux, intéressés, paresseux, volages, timides, intempérants, menteurs, dissimulés ; ils rient et pleurent facilement ; ils ont des joies immodérées et des af-

1. On prétend qu'un médecin tint ce discours à Madame de Montespan, aux Eaux de Bourbon, où elle allait souvent pour des maux imaginaires.

2. *Dédaigneux*. Ces remarques s'appliquent plus particulièrement aux enfants des grandes familles, que La Bruyère avait pu observer de plus près. Mais il n'aurait sans doute pas fait aussi longue la liste de leurs péchés, s'il n'avait été à la fois précepteur et célibataire. Il juge l'enfant avec la même justesse, mais aussi avec la même sévérité que l'homme. Tout en admirant sa sagacité pénétrante et maligne, on peut regretter qu'il ne se soit pas, ici, laissé quelque peu attendrir.

flictions amères sur de très petits sujets; il ne veulent point souffrir de mal, et aiment à en faire. Ils sont déjà des hommes.

Les enfants n'ont ni passé ni avenir[1], et, ce qui ne nous arrive guère, ils jouissent du présent.

Le caractère de l'enfance paraît unique[2]; les mœurs, dans cet âge, sont assez les mêmes; et ce n'est qu'avec une curieuse attention qu'on en pénètre la différence; elle augmente avec la raison, parce qu'avec celle-ci croissent les passions et les vices, qui seuls rendent les hommes si dissemblables entre eux, et si contraires à eux-mêmes.

Les enfants ont déjà de leur âme l'imagination et la mémoire, c'est-à-dire, ce que les vieillards[3] n'ont plus; et ils en tirent un *merveilleux usage*[4] pour leurs petits

1. *Ni avenir*. Il aurait fallu dire régulièrement: « Les enfants n'ont point de passé et ne songent pas à l'avenir. » L'auteur a préféré avec raison un tour plus rapide.

2. *Unique*. Uniforme, le même pour tous.

3. *Les vieillards*. L'auteur met toujours en regard de l'enfance l'âge plus avancé; il mêle ainsi le sérieux à l'agréable, et tire parfois de ce contraste des vérités fort instructives.

4. *Merveilleux usage*. Tout ce passage fait penser à une page charmante de M. Gréard, sur le même sujet. « L'enfant, dit-il, naît avec le goût d'observer et de connaître. La vie intérieure n'étant pas encore éveillée en lui, il appartient entièrement aux phénomènes du monde qui l'entoure: tous ses sens sont ouverts; tous les objets que son regard ou que sa main rencontre l'attirent, l'attachent, le ravissent. Sa faculté d'attention s'épuise vite, mais elle se renouvelle sans cesse... A ce goût d'observation, l'enfant joint le goût inné de l'activité. Ce n'est pas assez qu'on lui montre les objets; il faut qu'il les touche, qu'il les manie, qu'il se les approprie. Voyez-le dans ses jeux. « Les jeux d'enfants, dit Montaigne, avec un sens profond, ne sont pas jeux, et les fault juger en eulx comme leurs plus sérieuses actions » Au besoin ils briseront l'objet qui les amuse, pour en connaître le secret. L'enfant ne détruit d'ailleurs le plus souvent que pour essayer de rétablir. Il se plaît à construire, et

jeux et pour tous leurs amusements : c'est par elles qu'ils répètent ce qu'ils ont entendu dire, qu'ils contrefont ce qu'ils ont vu faire ; qu'ils sont de tous métiers, soit qu'ils s'occupent en effet à mille petits ouvrages, soit qu'ils imitent les divers artisans, par le mouvement et par le geste ; qu'ils se trouvent à un grand festin, et y font bonne chère ; qu'ils se transportent dans des palais et dans des lieux enchantés ; que, bien que seuls, ils se voient un riche équipage et un grand cortège ; qu'ils conduisent des armées, livrent bataille, et jouissent du plaisir de la victoire ; qu'ils parlent aux rois et aux plus grands princes ; qu'ils sont rois eux-mêmes, ont des sujets, possèdent des trésors qu'ils peuvent faire de feuilles d'arbres ou de grains de sable ; et, ce qu'ils ignorent dans la suite de leur vie, savent à cet âge être les arbitres de leur fortune, et les maîtres de leur propre félicité.

Il n'y a nuls vices extérieurs et nuls défauts du corps qui ne soient aperçus par les enfants ; ils les saisissent d'une première vue, et ils savent les exprimer par des mots convenables ; on ne nomme point plus heureusement. Devenus hommes, ils sont chargés, à leur tour, de toutes les imperfections dont ils se sont moqués.

L'unique soin des enfants est de trouver l'endroit foible de leurs maîtres, comme de tous ceux à qui ils sont soumis. Dès qu'ils ont pu les entamer, ils gagnent le dessus, et prennent sur eux un ascendant qu'ils ne per-

ses constructions sont parfois merveilleuses de rectitude et de grâce : il est naturellement géomètre et artiste. Il a par dessus tout une fécondité sans égale ; il fait, défait, refait : c'est un créateur. »

(Rapport de 1878.)

dent plus. Ce qui nous fait déchoir une première fois de cette supériorité à leur égard, est toujours ce qui nous empêche de la recouvrer.

La paresse, l'indolence et l'oisiveté, vices si naturels aux enfants, disparoissent dans leurs jeux, où ils sont vifs, appliqués, exacts, amoureux des règles et de la symétrie, où ils ne se pardonnent nulle faute les uns aux autres, et recommencent eux-mêmes plusieurs fois une seule chose qu'ils ont manquée : présages certains qu'ils pourront un jour négliger leurs devoirs, mais qu'ils n'oublieront rien pour leurs plaisirs.

Aux enfants tout paroit grand, les cours, les jardins, les édifices, les meubles, les hommes, les animaux : aux hommes les choses du monde paroissent ainsi, et j'ose dire par la même raison, parce qu'ils sont petits.

Les enfants commencent entre eux par l'état populaire, chacun y est le maître ; et, ce qui est bien naturel, ils ne s'en accommodent pas longtemps et passent au monarchique. Quelqu'un se distingue, ou par une plus grande vivacité, ou par une meilleure disposition du corps, ou par une connoissance plus exacte des jeux différents et des petites lois qui les composent ; les autres lui défèrent, et il se forme alors un gouvernement absolu qui ne roule que sur le plaisir.

De la Fausse modestie[1].

La fausse modestie est le dernier raffinement de la

1. L'humilité est un artifice de l'orgueil, a dit La Rochefoucauld, et du même : « On aime mieux dire du mal de soi que de n'en pas parler ».

Marc-Aurèle a dit dans le même sens : « la modestie est la forme la plus insupportable de la vanité ». – Marc Aurèle, empereur romain, régna de 161 à 180, ap. J.-C.

vanité ; elle fait que l'homme vain ne paroît point tel, et se fait valoir, au contraire, par la vertu opposée au vice qui fait son caractère : c'est un mensonge. La fausse gloire est l'écueil de la vanité ; elle nous conduit à vouloir être estimés par des choses qui, à la vérité, se trouvent en nous, mais qui sont frivoles et indignes qu'on les relève : c'est une erreur.

Les hommes parlent de manière, sur ce qui les regarde, qu'ils n'avouent d'eux-mêmes que de petits défauts, et encore ceux qui supposent en leurs personnes de beaux talents ou de grandes qualités. Ainsi l'on se plaint de son peu de mémoire, content d'ailleurs de son grand sens et de son bon jugement ; l'on reçoit le reproche de la distraction et de la rêverie, comme s'il nous accordoit le bel esprit ; l'on dit de soi qu'on est maladroit, et qu'on ne peut rien faire de ses mains, fort consolé de la perte de ces petits talents par ceux de l'esprit ou par les dons de l'âme, que tout le monde nous connoît ; l'on fait aveu de sa paresse en des termes qui signifient toujours son désintéressement, et que l'on est guéri de l'ambition ; l'on ne rougit point de sa malpropreté, qui n'est qu'une négligence pour les petites choses, et qui semble supposer qu'on n'a d'application que pour les solides et les essentielles.

La modestie n'est point, ou est confondue avec une chose toute différente de soi, si on la prend pour un sentiment intérieur qui avilit l'homme à ses propres yeux, et qui est une vertu surnaturelle qu'on appelle humilité. L'homme, de sa nature, pense hautement et superbement de lui-même, et ne pense ainsi que de lui-même ; la modestie ne tend qu'à faire que personne n'en souffre, elle est une vertu du dehors qui règle ses yeux, sa démarche, ses paroles, son ton de voix, et qui le fait agir extérieurement avec les autres, comme s'il n'était pas vrai qu'il les compte pour rien?

Les avares [1].

Ce n'est pas le besoin d'argent où les vieillards peuvent appréhender de tomber un jour qui les rend avares, car il y en a de tels qui ont de si grands fonds qu'ils ne peuvent guère avoir cette inquiétude ; et d'ailleurs, comment pourroient-ils craindre de manquer dans leur caducité des commodités de la vie, puisqu'ils s'en privent eux-mêmes volontairement pour satisfaire à leur avarice ? Ce n'est point aussi l'envie de laisser de plus grandes richesses à leurs enfants, car il n'est pas naturel d'aimer quelque autre chose plus que soi-même, outre qu'il se trouve des avares qui n'ont point d'héritiers. Ce vice est plutôt l'effet de l'âge et de la complexion des vieillards, qui s'y abandonnent aussi naturellement qu'ils suivoient leurs plaisirs, dans leur jeunesse ou leur ambition, dans l'âge viril. Il ne faut ni vigueur, ni jeunesse, ni santé, pour être avare ; l'on n'a

1. Le portrait que La Bruyère fait ici de l'avare a semblé s'appliquer parfaitement au marquis d'Hautefort, « fameux à la fois par sa parcimonie, pendant sa vie et par ses largesses, après sa mort. Mme de Sévigné en parle ainsi à sa fille, dans une lettre du 9 octobre 1680 :

« M. d'Hautefort est mort. Voilà encore un cordon bleu qui fait place aux autres. Il n'a jamais voulu prendre du remède anglais, disant qu'il était trop cher : on l'assuroit pourtant qu'il en serait quitte pour quarante pistoles ; il dit, en expirant : « C'est trop. »

Cet avare qui ne voulut pas débourser une somme de quatre cent francs pour prolonger ses jours, laissa cependant une somme considérable pour fonder un hôpital dans son marquisat d'Hautefort. (Chef-lieu de canton de la Dordogne, arrondissement de Périgueux.)

aussi nul besoin de s'empresser ou de se donner le moindre mouvement pour épargner ses revenus : il faut laisser seulement son bien dans les coffres et se priver de tout. Cela est commode aux vieillards, à qui il faut une passion parce qu'ils sont hommes.

Il y a des gens qui sont mal logés [1], mal couchés, mal habillés, et plus mal nourris ; qui essuient les rigueurs des saisons ; qui se privent eux-mêmes de la société des hommes, et passent leurs jours dans la solitude ; qui souffrent du présent, du passé et de l'avenir ; dont la vie est comme une pénitence continuelle, et qui ont ainsi trouvé le secret d'aller à leur perte par le chemin le plus pénible : ce sont les avares.

Le souvenir du passé est cher au vieillard.

Le souvenir de la jeunesse est tendre dans les vieillards : ils aiment les lieux où ils l'ont passée ; les personnes qu'ils ont commencé de connaître dans ce temps leur sont chères ; ils affectent quelques mots du premier langage qu'ils ont parlé ; ils tiennent pour l'ancienne manière de chanter, et pour la vieille danse : ils vantent les modes qui régnaient alors dans les habits, les meubles et les équipages : ils ne peuvent encore désapprouver des choses qui servaient à leurs passions, qui étaient si utiles à leurs plaisirs, et qui en rappellent la mémoire. Comment pourraient-ils leur préférer de nouveaux usages et des modes toutes récentes, où ils n'ont nulle part, et dont ils n'espèrent rien, que les jeunes

1. *Il y a des gens.* Remarquez tout ce paragraphe qui n'est qu'une définition, par énigme, de l'avare. La Bruyère en use toujours avec un rare à propos. Voyez plutôt les portraits du Riche et du Pauvre.

gens ont faites, et dont ils tirent, à leur tour de si grands avantages contre la vieillesse.

Gnathon ou l'égoïste.

Gnathon ne vit que pour soi, et tous les hommes ensemble sont, à son égard, comme s'il n'étoient point [1]. Non content de remplir à une table la première place, il occupe lui seul celle de deux autres. Il oublie que le repas est pour lui et pour toute la compagnie ; il se rend maître du plat, et fait son propre de chaque service. Il ne s'attache à aucun des mets, qu'il n'ait achevé d'essayer de tous ; il voudroit pouvoir les savourer tous tout à la fois. Il ne se sert à table que de ses mains ; il manie les viandes, les remanie, démembre, déchire, et en use de manière qu'il faut que les conviés, s'ils veulent manger, mangent ses restes. Il ne leur épargne aucune de ces malpropretés dégoûtantes capables d'ôter l'appétit aux plus affamés ; le jus et les sauces lui dégouttent du menton et de la barbe. S'il enlève un ragoût de dessus un plat, il le répand en chemin dans un autre plat et sur la nappe ; on le suit à la trace. Il mange haut et avec grand bruit ; il roule les yeux en mangeant ; la table est pour lui un râtelier ; il écure ses dents, et il continue à manger. Il se fait, quelque part où il se trouve, une manière d'établissement, et ne souffre pas d'être plus pressé au sermon ou au théâtre que dans sa chambre. Il n'y a, dans un carrosse, que les places du fond qui lui conviennent ; dans toute autre, si on veut l'en croire, il pâlit et tombe en foiblesse. S'il fait un

1. *Comme s'ils n'étaient point*. Souvenir de ces vers d'Esther (acte 1er scène 3) :

Et les faibles mortels, vains jouets du trépas,
Sont tous devant ses yeux, comme s'ils n'étaient pas.

voyage avec plusieurs, il les prévient dans les hôtelleries, et il sait toujours se conserver, dans la meilleure chambre, le meilleur lit. Il tourne tout à son usage; ses valets, ceux d'autrui, courent dans le même temps pour son service; tout ce qu'il trouve sous sa main lui est propre, hardes, équipages. Il embarrasse tout le monde, ne se contraint pour personne, ne plaint personne, ne connoit de maux que les siens, que sa réplétion [1] et sa bile; ne pleure point la mort des autres, n'appréhende que la sienne, qu'il rachèteroit volontiers de l'extinction du genre humain.

Cliton ou le gourmand.

Cliton n'a jamais eu, en toute sa vie, que deux affaires, qui est [2] de dîner le matin et de souper le soir: il ne semble né que pour la digestion; il n'a de même qu'un entretien: il dit les entrées qui ont été servies au dernier repas où il s'est trouvé; il dit combien il y a eu de potages, et quels potages; il place ensuite le rôt et les entremets; il se souvient exactement de quels plats on a relevé le premier service; il n'oublie pas les *hors-d'œuvre* [3] le fruit et les assiettes; il nomme tous les vins et toutes les liqueurs dont il a bu; il possède le langage des cuisines autant qu'il peut s'étendre, et il me fait envie de manger à une bonne table où il ne soit point [4]. Il a sur-

1. *Réplétion.* Ce qui arrive quand on a trop bu et trop mangé.
2. *Qui est.* Nous dirions aujourd'hui : c'est de.
3. *Hors-d'œuvre.* Mets qu'on pourrait supprimer sans déranger l'ordonnance d'un festin.
4. *Où il ne soit point.* Souvenir du *Misanthrope* de Molière :

Il prend soin d'y servir des mets fort délicats ;
Oui, mais je voudrais bien qu'il ne s'y servît pas ;
C'est un fort méchant plat que sa sotte personne,
Et qui gâte, à mon goût, tous les repas qu'il donne.

tout un palais sûr, qui ne prend point le change, et il ne s'est jamais vu exposé à l'horrible inconvénient de manger un mauvais ragoût ou de boire d'un vin médiocre. C'est un personnage illustre, dans son genre, et qui a porté le talent de se bien nourrir jusques où il pouvait aller. On ne reverra plus un homme qui mange tant et qui mange si bien ; aussi est-il l'arbitre des bons morceaux, et il n'est guère permis d'avoir du goût pour ce qu'il désapprouve. Mais il n'est plus ; il s'est fait du moins porter à table jusqu'au dernier soupir. Il donnait à manger le jour qu'il est mort. Quelque part où il soit, il mange ; et s'il revient au monde, c'est pour manger[1].

Ruffin ou l'indifférent.

Ruffin[2], commence à grisonner ; mais il est sain, il a un visage frais et un œil vif qui lui promettent encore vingt années de vie ; il est gai, *jovial*, familier, indifférent ; il rit de tout son cœur, il rit tout seul et sans sujet ; il est content de soi, des siens, de sa petite fortune ; il dit qu'il est heureux. Il perd son fils unique, jeune homme de grande espérance, et qui pouvait un jour être l'honneur de sa famille ; il remet sur d'autres le soin de le pleurer. Il dit : *Mon fils est mort, cela fera mourir sa mère,* et il est consolé. Il n'a point de passions ; il n'a ni amis ni ennemis ; personne ne l'embrasse, tout le monde lui convient, tout lui est propre ; il parle à celui qu'il voit une première fois avec la même liberté et la

1. *C'est pour manger.* Régulièrement il faudrait ce sera; mais combien le présent est préférable? Il met la chose sous les yeux.

2. *Ruffin.* Ce portrait semble parfaitement convenir à M. de Coulanges, le joyeux parent et correspondant de Mme de Sévigné.

même confiance qu'à ceux qu'il appelle de vieux amis, et il lui fait part bientôt de ses *quolibets* et de ses historiettes ; on l'aborde, on le quitte sans qu'il y fasse attention ; et le même conte qu'il a commencé de faire à quelqu'un, il l'achève à celui qui prend sa place.

Quittez le long espoir et les vastes pensées.

N** est moins affoibli par l'âge que par la maladie, car il ne passe point soixante-huit ans ; mais il a la goutte, et il est sujet à une colique néphrétique ; il a le visage décharné, le teint verdâtre, et qui menace ruine[1] : il fait marner sa terre, et il compte que de quinze ans entiers il ne sera obligé de la fumer ; il plante un jeune bois, et il espère qu'en moins de vingt années il lui donnera un beau couvert ; il fait bâtir dans la rue*** une maison de pierre de taille, raffermie dans les encoignures par des mains de fer, et dont il assure, en toussant et avec une voix frêle et débile, qu'on ne verra jamais la fin ; il se promène tous les jours dans ses ateliers sur le bras d'un valet qui le soulage ; il montre à ses amis ce qu'il a fait, et il leur dit ce qu'il a dessein de faire. Ce n'est pas pour ses enfants qu'il bâ it, car il n'en a point, ni pour ses héritiers, personnes viles et qui sont brouillées avec lui : c'est pour lui seul et il mourra demain.

Antagoras ou le plaideur.

Antagoras a un visage trivial et populaire ; un suisse

1. *Qui menace ruine.* Qui annonce une mauvaise santé, une mort prochaine. La Fontaine (liv. VII. 6) avait dit, avant La Bruyère :

> Les ruines d'une maison
> Se peuvent réparer, que n'est cet avantage
> Pour les ruines du visage !

de paroisse ou le saint de pierre qui orne le grand autel n'est pas mieux connu que lui de toute la multitude. Il parcourt le matin toutes les chambres et tous les greffes d'un parlement, et le soir les rues et les carrefours d'une ville : il plaide depuis quarante ans, plus proche de sortir de la vie que de sortir d'affaires. Il n'y a point eu, au palais, depuis tout ce temps, de causes célèbres ou de procédures longues et embrouillées où il n'ait du moins intervenu : aussi a-t-il un nom fait pour remplir la bouche de l'avocat, et qui s'accorde avec le demandeur ou le défendeur comme le substantif et l'adjectif. Parent de tous et haï de tous, il n'y a guère de familles dont il ne se plaigne, et qui ne se plaignent de lui ; appliqué successivement à saisir une terre, à s'opposer au sceau, à se servir d'un *committimus* [1], ou à mettre un arrêt à exécution, outre qu'il assiste chaque jour à quelques assemblées de créanciers. Partout syndic de directions, et perdant à toutes les banqueroutes, il a des heures de reste pour ses visites ; vieil [2] meuble de ruelle, où il parle procès et dit des nouvelles. Vous l'avez laissé dans une maison, au Marais, vous le retrouvez au grand Faubourg, où il vous a prévenu, et où déjà il redit ses nouvelles et son procès. Si vous plaidez vous-même, et que vous alliez le lendemain, à la pointe du jour, chez l'un de vos juges pour le solliciter, le juge attend, pour vous donner audience, qu'Antagoras soit expédié.

1. *Committimus.* Lettres de chancellerie par lesquelles les causes qu'une personne avait, tant en demandant qu'en défendant, étaient *commises* en première instance, aux requêtes du palais ou aux requêtes de l'hôtel de Paris. *Dict. de l'Académie.*
2. *Vieil.* Ne s'emploie plus que devant un mot qui commence par une voyelle ou un h muet : Vieil ami, vieil habit.

Misère des paysans d'autrefois.

L'on voit [1] certains animaux farouches, des mâles et des femelles, répandus par la campagne, noirs, livides et tout brûlés du soleil, attachés à la terre qu'il fouillent et qu'ils remuent avec une opiniâtreté invincible ; ils ont comme une voix articulée ; et quand il se lèvent sur leurs pieds, ils montrent une face inhumaine, et, en effet, ils sont des hommes. Ils se retirent la nuit dans des tanières où ils vivent de pain noir, d'eau et de racines ; il épargnent aux autres hommes la peine de semer, de labourer et de recueillir pour vivre et méritent ainsi de ne pas manquer de ce pain qu'ils ont semé.

Hâtez-vous lentement....

La plupart des hommes, pour arriver à leurs fins, sont plus capables d'un grand effort que d'une longue persévérance [2] ; leur paresse ou leur inconstance leur fait perdre le fruit des meilleurs commencements. Ils se laissent souvent devancer par d'autres qui sont partis

1. *L'on voit.* Cette navrante peinture de la misère des campagnes a paru en 1689, année ordinaire et qui n'a pas sa place dans nos annales de l'indigence comme l'année 1709. Ainsi La Bruyère n'a rien exagéré ; l'affreuse condition des paysans de son temps était bien telle qu'il l'a décrite, et pourtant, né à Dourdan, (1645) ville située dans l'une des parties les plus riches en blé de notre pays, la Beauce, l'auteur des *Caractères* a dû parler des campagnes où il avait grandi, sous l'impression de ses souvenirs. On se demande alors ce que devait être la situation des paysans dans les régions reculées de la France, si elle était si malheureuse, à douze lieues de Paris, dans une contrée connue par la richesse de ses produits.

2. *Persévérance.* Le génie, disait Buffon, est une longue patience.

après eux [1], et qui marchent lentement, mais constamment.

J'ose presque assurer que les hommes savent encore mieux prendre des mesures que les suivre, résoudre ce qu'il faut faire et ce qu'il faut dire, que de faire ou de dire ce qu'il faut. On se propose fermement, dans une affaire qu'on négocie, de taire une certaine chose, et ensuite, ou par passion, ou par une intempérance de langue, ou dans la chaleur de l'entretien, c'est la première qui échappe.

Il faut se mesurer, la conséquence est nette.

Télèphe a de l'esprit [2], mais dix fois moins, de compte fait, qu'il ne présume d'en avoir. Il est donc, dans ce qu'il dit, dans ce qu'il fait, dans ce qu'il médite et ce qu'il projette, dix fois au delà de ce qu'il a d'esprit; il n'est donc jamais dans ce qu'il a de force et d'étendue: ce raisonnement est juste. Il a comme une barrière qui le ferme, et qui devrait l'avertir de s'arrêter en deçà; mais il passe outre, il se jette hors de sa sphère; il trouve lui-même son endroit faible, et se montre par cet endroit: il parle de ce qu'il ne sait point, ou de ce qu'il sait mal; il entreprend au-dessus de son pouvoir, il désire au delà de sa portée; il s'égale à ce qu'il y a de meilleur en tout genre: il a du bon et du louable, qu'il offusque

1. *Après eux*. Souvenir de la fable du Lièvre et de la Tortue.
2. *Télèphe a de l'esprit*. La clé manuscrite désigne M. de Tonnerre, évêque de Noyon. Saint-Simon (tome Ier p. 132) parla longuement et avec sa malice ordinaire, des mécomptes de cet évêque, d'ailleurs homme d'esprit, mais un peu trop enclin à s'en croire davantage. Il fut de l'Académie française, et cette distinction, si précieuse, quand elle est méritée, ne lui laissa que de cuisants souvenirs.

par l'affectation du grand ou du merveilleux : on voit clairement ce qu'il n'est pas, et il faut deviner ce qu'il est en effet. C'est un homme qui ne se mesure point, qui ne se connaît point ; son caractère est de ne savoir pas se renfermer dans celui qui lui est propre, et qui est le sien.

Le silence est d'or.

L'on se repent rarement de parler peu, très-souvent de trop parler : maxime usée et triviale, que tout le monde sait, et que tout le monde ne pratique pas.

On a dit aussi :

Savoir se taire à propos
Est un rare et grand avantage ;
Le silence est l'esprit des sots
Et l'une des vertus du sage.

Le sot

Le sot est *automate*, il est machine, il est ressort ; le poids l'emporte, le fait mouvoir, le fait tourner, et toujours, et dans le même sens, et avec la même égalité ; il est uniforme, il ne se dément point ; qui l'a vu une fois l'a vu dans tous les instants et dans toutes les périodes de sa vie : c'est tout au plus le bœuf qui meugle, ou le merle qui siffle ; il est fixé et déterminé par sa nature, et j'ose dire par son espèce ; ce qui paroît le moins en lui, c'est son âme : elle n'agit point, elle ne s'exerce point, elle se repose [1].

Le sot ne meurt point ; ou, si cela lui arrive, selon notre manière de parler, il est vrai de dire qu'il gagne

1. Le sot s'assoupit et fait la sieste en bonne compagnie. (Vauvenargues).

à mourir, et que, dans ce moment où les autres meurent, il commence à vivre : son âme, alors, pense, raisonne, infère, conclut, juge, prévoit, fait précisément tout ce qu'elle ne faisoit point ; elle se trouve dégagée d'une masse de chair où elle étoit comme ensevelie sans fonction, sans mouvement, sans aucun du moins qui fût digne d'elle ; je dirois presque qu'elle rougit de son propre corps et des organes bruts et imparfaits auxquels elle s'est vue attachée si longtemps, et dont elle n'a pu faire qu'un sot ou qu'un stupide ; elle va d'égal avec les grandes âmes, avec celles qui font les bonnes têtes ou les hommes d'esprit. L'âme d'Alain ne se démêle plus d'avec celle du grand CONDÉ, de RICHELIEU, de PASCAL et de LINGENDES [1].

Les caractères sont rares [2].

Les hommes n'ont point de caractères ; ou s'ils en ont, c'est celui de n'en avoir aucun qui soit suivi, qui ne se démente point, et où ils soient reconnaissables. Ils

1. *Lingendes*, évêque de Mâcon, né en 1595, à Moulins, parvint à une grande réputation par son talent de prédicateur. Le plus beau passage de l'oraison funèbre de Turenne, par Fléchier « Ennemis de la France, vous vivez... » est tiré de celle d'Amédée, duc de Savoie, composée par Lingendes, en 1627. Il prononça aussi celle de Louis XIII, en 1643.

2. Ne pourrait-on pas rapprocher de cette page le jugement de bienveillance et d'impartialité que Napoléon Ier, à Sainte-Hélène, portait sur les hommes en général ?

« Les traitres, dit-il, sont plus rares qu'on ne pense. Les grandes vues, les grandes vertus sont des exceptions. La masse des hommes est faible, mobile, parce qu'elle est faible, cherche fortune où elle peut, fait son bien, sans vouloir le mal d'autrui, et mérite plus de compassion que de haine. Il faut la prendre comme elle est, s'en servir telle quelle, et chercher à l'élever si on peut ; mais soyez-en sûrs, ce n'est pas en l'accablant de mépris qu'on parvient à la relever. Au contraire, il faut lui

souffrent beaucoup à être toujours les mêmes, à persévérer dans la règle ou dans le désordre ; et ils se délassent quelquefois d'une vertu par une autre vertu, ils se dégoûtent plus souvent d'un vice par un autre vice. Ils ont des passions contraires et des faibles qui se contredisent ; il leur coûte moins de joindre les extrémités, que d'avoir une conduite dont une partie naisse de l'autre. Ennemis de la modération, ils outrent toutes choses, les bonnes et les mauvaises, dont ne pouvant ensuite supporter l'excès, ils l'adoucissent [1] par le changement. *Adraste* était si corrompu et si libertin, qu'il lui a été moins difficile de suivre la mode et se faire dévot. Il lui eût coûté davantage d'être homme de bien.

La raison tient de la vérité, elle est une.

La raison tient de la vérité, elle est une ; l'on n'y arrive que par un chemin, et l'on s'en écarte par mille ; l'étude de la sagesse a moins d'étendue que celle que l'on ferait des sots et des impertinents. Celui qui n'a vu que des hommes polis et raisonnables, ou ne connaît pas l'homme, ou ne le connaît qu'à demi : quelque diversité qui se trouve dans les complexions ou dans les mœurs, le commerce du monde et la politesse donnent les mêmes apparences, font qu'on se ressemble les uns aux autres par des dehors qui plaisent réciproquement, qui semblent communs à tous, et qui font croire qu'il n'y

persuader qu'elle vaut mieux qu'elle ne vaut, si on veut en obtenir tout le bien dont elle est capable. A l'armée, on dit à des poltrons qu'ils sont des braves, et on les amène à le devenir. En toutes choses, il faut traiter les hommes de la sorte, et leur supposer les vertus qu'on veut leur inspirer.

1. *Ils l'adoucissent.* Construction dure et presque incorrecte qui n'est pas à imiter.

a rien ailleurs qui ne s'y rapporte. Celui, au contraire, qui se jette dans le peuple ou dans la province, y fait bientôt, s'il a des yeux, d'étranges découvertes, y voit des choses qui lui sont nouvelles, dont il ne se doutait pas, dont il ne pouvait avoir le moindre soupçon : il avance, par des expériences continuelles, dans la connaissance de l'humanité ; il calcule presque en combien de manières différentes l'homme peut être insupportable.

DES JUGEMENTS

Garde-toi, tant que tu vivras,
De juger les gens sur la mine.
(La Fontaine)

Il ne faut pas juger des hommes comme d'un tableau ou d'une figure, sur une seule et première vue : il y a un intérieur et un cœur qu'il faut approfondir. Le voile de la modestie couvre le mérite, et le masque de l'hypocrisie cache la malignité. Il n'y a qu'un très-petit nombre de connoisseurs qui discernent, et qui soient en droit de prononcer. Ce n'est que peu à peu, et forcés même par le temps et les occasions, que la vertu parfaite et le vice consommé viennent enfin à se déclarer.

La Fontaine.

Il y a dans le monde quelque chose, s'il se peut, de plus incompréhensible. Un homme [1] paroît grossier, lourd, stupide ; il ne sait pas parler, ni raconter ce qu'il vient de voir ; s'il se met à écrire, c'est le modèle des bons contes ; il fait parler les animaux, les arbres, les pierres, tout ce qui ne parle point ; ce n'est que légèreté, qu'élégance, que beau naturel et que délicatesse dans ses ouvrages.

1. *Un homme.* Portrait délicatement esquissé de La Fontaine.

Corneille.

Un autre est simple, timide, d'une ennuyeuse conversation ; il prend un mot pour un autre, et il ne juge de la bonté de sa pièce que par l'argent qui lui en revient ; il ne sait pas la réciter, ni lire son écriture. Laissez-le s'élever par la composition, il n'est pas au-dessous d'AUGUSTE, de POMPÉE, de NICOMÈDE, d'HÉRACLIUS ; il est roi, et un grand roi ; il est politique, il est philosophe ; il entreprend de faire parler des héros, de les faire agir ; il peint les Romains ; ils sont plus grands et plus Romains dans ses vers que dans leur histoire.

Santeul ou Santeuil.

Voulez-vous quelque autre prodige ? concevez un homme[1] facile, doux, complaisant, traitable, et tout d'un

1. *Un homme*. Santeul, chanoine de Saint-Victor à Paris, un des plus élégants poëtes latins modernes. Il était commensal de la maison des Condés, et grand ami de notre auteur dont il a fait l'éloge dans ses vers. Il reste une lettre tronquée que La Bruyère lui écrivit, au nom des Condés, pour l'assurer qu'il était toujours dans leurs bonnes grâces. Le pauvre Santeul, si bon, si ingénu et si plein de verve, mourut misérablement, victime d'une plaisanterie de M. le Duc, l'élève de La Bruyère.
Saint-Simon rappelle ainsi dans quelle circonstance eut lieu cette sotte et cruelle plaisanterie : « M. le Duc voulut l'emmener (Santeul) à Dijon : Santeul s'en excusa, allégua tout ce qu'il put : il fallut obéir, et le voilà chez M. le Duc, établi pour le temps des États. C'étaient tous les soirs des soupers que M. le Duc donnait et recevait, et toujours Santeul à sa suite qui faisait tout le plaisir de la table. Un soir que M. le Duc soupait chez lui, il se divertit à pousser Santeul de vin de Champagne ; et de gaieté en gaieté, il trouva plaisant de verser sa tabatière pleine de tabac d'Espagne dans un grand verre de vin, et de le faire boire à Santeul pour voir ce qui en arriverait. Il ne fut pas longtemps à en être éclairci. Les vomissements et la fièvre le prirent, et en deux fois vingt quatre-heures, le malheureux mourut dans des douleurs de damné. » (Tome XXVIII p. 297).

coup violent, colère, fougueux, capricieux : imaginez-vous un homme simple, ingénu, crédule, badin, volage, un enfant en cheveux gris ; mais permettez-lui de se recueillir, ou plutôt de se livrer à un génie qui agit en lui, j'ose dire, sans qu'il y prenne part, et comme à son insu : quelle verve ! quelle élévation ! quelles images ! quelle latinité ? Parlez-vous d'une même personne ? me direz-vous. Oui, du même, de *Théodas*, et de lui seul. Il crie, il s'agite, il se roule à terre, il se relève, il tonne, il éclate ; et du milieu de cette tempête il sort une lumière qui brille et qui réjouit : disons-le sans figure, il parle comme un fou et pense comme un homme sage ; il dit ridiculement des choses vraies, et follement des choses sensées et raisonnables : on est surpris de voir naître et éclore le bons sens du sein de la bouffonnerie, parmi les grimaces et les contorsions. Qu'ajouterai-je davantage ? il dit et il fait mieux qu'il ne sait ; ce sont en lui comme deux âmes qui ne se connaissent point, qui ne dépendent point l'une de l'autre, qui ont chacune leur tour, ou leurs fonctions toutes séparées. Il manquerait un trait à cette peinture si surprenante, si j'oubliais de dire qu'il est tout à la fois avide et insatiable de louanges, prêt de se jeter aux yeux de ses critiques, et dans le fond assez docile pour profiter de leur censure. Je commence à me persuader moi-même que j'ai fait le portrait de deux personnages tout différents : il ne serait pas même impossible d'en trouver un troisième dans Théodas, car il est bon homme, il est plaisant homme, il est excellent homme.

Après l'esprit de discernement, ce qu'il y a au monde de plus rare, ce sont les diamants et les perles.

Il est avantageux de citer à propos.

Hérille, soit qu'il parle, qu'il harangue ou qu'il écrive, veut citer ; il fait dire au prince[1] des philosophes que le vin enivre, et à l'orateur[2] romain que l'eau le tempère. S'il se jette dans la morale, ce n'est pas lui, c'est le divin Platon[3] qui assure que la vertu est aimable, le vice odieux, ou que l'un et l'autre se tournent en habitude. Les choses les plus communes, les plus triviales, et qu'il est même capable de penser, il veut les devoir aux anciens, aux Latins, aux Grecs ; ce n'est ni pour donner plus d'autorité à ce qu'il dit, ni, peut-être, pour se faire honneur de ce qu'il sait : il veut citer.

C'est souvent hasarder un bon mot et vouloir le perdre que de le donner pour sien : il n'est pas relevé, il tombe avec des gens d'esprit, ou qui se croient tels, qui ne l'ont pas dit, et qui devoient le dire. C'est au contraire le faire valoir que de le rapporter comme d'un autre : ce n'est qu'un fait, et qu'on ne se croit pas obligé de savoir ; il est dit avec plus d'insinuation et reçu avec moins de jalousie ; personne n'en souffre ; on rit s'il faut rire, et, s'il faut admirer, on admire.

1. *Prince des philosophes.* Aristote, né à Stagire, en Macédoine (384-322 avant. J. C.).

2. *L'orateur romain.* Cicéron, le plus célèbre des orateurs romains (107-43, avant. J. C.).

3. *Le divin Platon.* Disciple de Socrate, naquit à Athènes, en 429, et mourut en 347 avant. Jésus-Christ. Platon est un des plus grands esprits qui aient honoré l'humanité. Les Grecs disaient de lui que si Jupiter descendait sur la terre, il parlerait la langue de Platon.

La Bruyère lui-même[1].

Je pardonne, dit *Antisthius*, à ceux que j'ai loués dans mon ouvrage, s'ils m'oublient : qu'ai-je fait pour eux? ils étaient louables. Je le pardonnerais moins à tous ceux dont j'ai attaqué les vices sans toucher à leurs personnes, s'ils me devaient un aussi grand bien que celui d'être corrigés ; mais comme c'est un évènement qu'on ne voit point, il suit de là que ni les uns ni les autres ne sont tenus de me faire du bien.

L'on peut, ajoute ce philosophe, envier ou refuser à mes écrits leur récompense ; on ne saurait en diminuer la réputation ; et si on le fait, qui m'empêchera de le mépriser?

Nous voyons une paille dans l'œil de notre prochain....

Les mêmes défauts qui, dans les autres, sont lourds et insupportables sont, chez nous, comme dans leur centre ; ils ne pèsent plus, on ne les sent pas. Tel parle d'un autre, et en fait un portrait affreux, qui ne voit qu'il se peint lui-même.

La meilleure philosophie.

Il y a une philosophie qui nous élève au-dessus de

1. Longtemps inconnu, notre auteur arriva tout d'un coup à la célébrité. On sait de quelles épigrammes fut saluée son élection à l'Académie française. Voici une des plus malignes comme aussi des plus connues:

> Quand La Bruyère se présente,
> Pourquoi faut-il crier haro?
> Pour faire un nombre de quarante,
> Ne fallait-il pas un zéro?

l'ambition et de la fortune, qui nous égale [1], que dis-je? qui nous place plus haut que les riches, que les grands et que les puissants; qui nous fait négliger les postes et ceux qui les procurent; qui nous exempte de désirer, de demander, de prier, de solliciter, d'importuner, et qui nous sauve même l'émotion et l'excessive joie d'être exaucés. Il y a une autre philosophie qui nous soumet et nous assujettit à toutes ces choses en faveur de nos proches ou de nos amis: c'est la meilleure.

Mensonge des épitaphes [2].

L'on gagne à mourir d'être loué de ceux qui nous survivent, souvent sans autre mérite que celui de n'être plus; le même éloge sert alors pour *Caton*[3] et pour *Pison*.

Le bruit court que Pison[4] est mort; c'est une grande perte: c'étoit un homme de bien, et qui méritoit une plus longue vie; il avoit de l'esprit et de l'agrément, de la fermeté et du courage; il étoit sûr, généreux, fidèle; ajoutez: pourvu qu'il soit mort.

1. *Égale, place plus haut que.* Ces deux verbes ne veulent pas le même régime; mais le changement de construction ne choque pas à cause de la suspension « que dis-je » qui suit le verbe *égaler*.

2. On dit souvent d'un homme qui vient de mourir, non pas ce qu'il a été, mais ce qu'il aurait dû être. (Lord Byron.)

3. *Caton l'Ancien* ou *le Censeur* (232-147, avant J. C.). Romain célèbre par sa sévérité dans ses fonctions de censeur. *Caton d'Utique*, arrière-petit-fils du précédent se perça de son épée pour ne pas devoir la vie à César (95-46, av. J. C.).

4. *Pison*, gouverneur de Syrie (18 ans ap. J. C.). fut accusé avec sa femme Plaucine d'avoir empoisonné Germanicus.

Pison, choisi par Galba comme son successeur, fut assassiné par les prétoriens (69 après J. C.).

Caton et Pison semblent, dans La Bruyère, des personnages imaginaires destinés à personnifier la vertu et le vice.

L'éducation a de grands avantages, mais il ne faut pas tout attendre d'elle.

C'est un excès de confiance, dans les parents, d'espérer tout de la bonne éducation de leurs enfants, et une grande erreur de n'en attendre rien et de la négliger.

Quand il serait vrai, ce que plusieurs disent, que l'éducation ne donne point à l'homme un autre cœur ni une autre complexion, qu'elle ne change rien dans son fond et ne touche qu'aux superficies, je ne laisserais pas de dire qu'elle ne lui est pas inutile.

Mobilité des jugements humains.

Il ne faut pas vingt années accomplies pour voir changer les hommes d'opinion sur les choses les plus sérieuses, comme sur celles qui leur ont paru les plus sûres et les plus vraies. Je ne hasarderai pas d'avancer que le feu en soi, et indépendamment de nos sensations, n'a aucune chaleur, c'est-à-dire rien de semblable à ce que nous éprouvons en nous-mêmes à son approche, de peur que quelque jour il ne devienne aussi chaud qu'il a jamais été. J'assurerai aussi peu qu'une ligne droite tombant sur une autre ligne droite fait deux angles droits, ou égaux à deux droits, de peur que, les hommes venant à y découvrir quelque chose de plus ou de moins, je ne sois raillé de ma proposition. Ainsi, dans un autre genre, je dirai à peine avec toute la France : VAUBAN [1] est infail-

1. *Vauban* (Le Prestre de) (1633-1707). Éloge mérité. La prévision de La Bruyère s'accomplit, s'il faut en croire les clés du XVIIIe siècle : « Cela est arrivé à M. de Vauban, après la reprise de Namur, par le prince d'Orange, en 1695, et l'on a prétendu qu'il avait

lible, on n'en appelle point : qui me garantiroit que dans peu de temps on n'insinuera pas que, même sur le siège, qui est son fort, et où il décide souverainement, il erre quelquefois, sujet aux fautes, comme *Antiphile*?

Ménageons le temps, c'est l'étoffe dont la vie est faite. (Franklin.)

Ceux qui emploient mal leur temps sont les premiers à se plaindre de sa brièveté. Comme ils le consument à s'habiller, à manger, à dormir, à de sots discours, à se résoudre sur ce qu'ils doivent faire, et souvent à ne rien faire, ils en manquent pour leurs affaires ou pour leurs plaisirs ; ceux, au contraire, qui en font un meilleur usage en ont de reste.

Il n'y a point de ministre si occupé qui ne sache perdre chaque jour deux heures de temps ; cela va loin, à la fin d'une longue vie. Et, si le mal est encore plus grand, dans les autres conditions des hommes, quelle perte infinie ne se fait pas dans le monde d'une chose si précieuse, et dont l'on se plaint qu'on n'a point assez ?

Conditions de la vraie grandeur.

Dans un méchant homme il n'y a pas de quoi faire un grand homme. Louez ses vues et ses projets, admirez sa conduite, exagérez son habileté à se servir des moyens les plus propres et les plus courts pour parvenir à ses fins ; si ses fins sont mauvaises, la prudence n'y a au-

fort mal fortifié cette place ; mais il s'en est justifié en faisant voir que l'on n'avait point suivi le dessin qu'il en avait donné, pour épargner quelque dépense qu'il aurait fallu faire de plus, comme un cavalier qu'il avait marqué du côté de la rivière, à quoi l'on avait manqué et par où la ville fut prise. »

cune part, et, où manque la prudence trouvez la grandeur, si vous le pouvez.

Patience et longueur de temps. (La Fontaine.)

Il n'y a point de chemin trop long à qui marche lentement et sans se presser ; il n'y a point d'avantages trop éloignés à qui s'y prépare par la patience.

Apostrophe de La Bruyère à ses détracteurs.

Pourquoi me faire froid et vous plaindre de ce qui m'est échappé sur quelques jeunes gens qui peuplent les cours ? Êtes-vous vicieux, ô *Thrasille?* Je ne le savois pas, et vous me l'apprenez ; ce que je sais est que vous n'êtes plus jeune.

Et vous qui voulez être offensé personnellement de ce que j'ai dit de quelques grands, ne criez-vous point de la blessure d'un autre ? Êtes-vous dédaigneux, malfaisant, mauvais plaisant, flatteur, hypocrite ? Je l'ignorois, et ne pensois pas à vous : j'ai parlé des grands.

L'homme est-il plus raisonnable que les animaux qui s'entre-dévorent [1] ?

Que si l'on vous disait que tous les chats d'un grand pays se sont assemblés par milliers dans une plaine, et

1. A propos de la guerre, citons cette page d'une sombre éloquence de Joseph de Maistre, dans les *Soirées de St-Pétersbourg* : « Une force à la fois cachée et palpable, se montre continuellement occupée à mettre à découvert le principe de la vie par des moyens violents. Dans chaque grande division de l'espèce animale, elle a choisi un certain nombre d'animaux qu'elle a chargés de dévorer les autres : ainsi il y a des insectes de proie, des reptiles de proie, des oiseaux de proie, et des quadrupèdes

qu'après avoir miaulé tout leur soûl, ils se sont jetés avec fureur les uns sur les autres, et ont joué ensemble de la dent et de la griffe; que de cette mêlée de part et d'autre, neuf à dix mille chats sur la place, qui ont infecté l'air à dix lieues de là par leur puanteur; ne diriez-vous pas : Voilà le plus abominable *sabbat* dont on ait jamais ouï parler? Et si les loups en faisaient de même, quels hurlements, quelle boucherie! Et si les uns ou les autres vous disaient qu'ils aiment la gloire, concluriez-

de proie. Il n'y a pas un instant de la durée où l'être vivant ne soit dévoré par un autre. Au-dessus de ces nombreuses races d'animaux est placé l'homme, dont la main destructive n'épargne rien de ce qui vit. Il tue pour se nourrir, il tue pour se vêtir, il tue pour se parer, il tue pour attaquer, il tue pour se défendre, il tue pour s'instruire, il tue pour s'amuser, il tue pour tuer. Roi superbe et terrible, il a besoin de tout et rien ne lui résiste.... Mais cette loi s'arrêtera-t-elle à l'homme? Non, sans doute. Cependant quel être exterminera celui qui les extermina tous? Lui. C'est l'homme qui est chargé d'égorger l'homme. Mais comment pourra-t-il accomplir la loi, lui qui est un être moral et miséricordieux, lui qui est né pour aimer, lui qui pleure sur les autres comme sur lui-même, qui trouve du plaisir à pleurer, et qui finit par inventer des fictions pour se faire pleurer; lui à qui il a été déclaré qu'on redemandera jusqu'à la dernière goutte du sang qu'il aura versé injustement? C'est la guerre qui accomplira le décret. N'entendez-vous pas la terre qui crie et demande du sang? Le sang des animaux ne lui suffit pas, ni même celui des coupables versé par le glaive des lois.... La terre n'a pas crié en vain : la guerre s'allume. L'homme saisi tout à coup d'une fureur divine, étrangère à la haine et à la colère, s'avance sur le champ de bataille, sans savoir ce qu'il veut, ni même ce qu'il fait. Qu'est-ce donc que cet horrible énigme?.... Ainsi s'accomplit sans cesse, depuis le ciron jusqu'à l'homme, la grande loi de la destruction violente des êtres vivants. La terre entière continuellement imbibée de sang, n'est qu'un autel immense où tout ce qui vit doit être immolé sans fin, sans mesure, sans relâche, jusqu'à la consommation des choses, jusqu'à l'extinction du mal, jusqu'à la mort de la mort[1].

1. Car le dernier ennemi qui doit être détruit, c'est la mort. (Saint Paul aux Corinthiens, I, XV, 26.)

vous de ce discours qu'ils la mettent à se trouver à ce beau rendez-vous, à détruire ainsi et à anéantir leur propre espèce ? ou, après l'avoir conclu, ne ririez-vous pas de tout votre cœur de l'ingénuité de ces pauvres bêtes? Vous avez déjà, en animaux raisonnables, et pour vous distinguer de ceux qui ne se servent que de leurs dents et de leurs ongles, imaginé les lances, les piques, les dards, les sabres et les cimeterres, et à mon gré fort judicieusement ; car avec vos seules mains que pouviez-vous vous faire les uns aux autres, que vous arracher les cheveux, vous égratigner au visage ou tout au plus vous arracher les yeux de la tête ?

Infernales inventions de la guerre.

Au lieu que vous voilà munis d'instruments commodes, qui vous servent à vous faire réciproquement de larges plaies, d'où peut couler votre sang jusqu'à la dernière goutte, sans que vous puissiez craindre d'en échapper. Mais comme vous devenez d'année à autre plus raisonnables, vous avez bien enchéri sur cette vieille manière de vous exterminer : vous avez de petits globes [1] qui vous tuent tout d'un coup, s'ils peuvent seulement vous atteindre à la tête ou à la poitrine ; vous en avez d'autres [2], pesants et plus massifs, qui vous coupent en deux parts ou qui vous éventrent, sans compter ceux [3], qui tombant sur vos toits, enfoncent les planchers, vont du grenier à la cave, en enlèvent les voûtes, et font sauter en l'air, avec vos maisons, vos femmes qui sont en couche, l'enfant et la nourrice : et

1. *De petits globes.* Des balles de mousquet.
2. *D'autres.* Les boulets de canon.
3. *Ceux.* Les bombes.

c'est là encore où *gît* la gloire ; elle aime le *remue-ménage*, et elle est personne d'un grand fracas. Vous avez d'ailleurs des armes défensives, et dans les bonnes règles vous devez, en guerre être habillés de fer ; ce qui est, sans mentir, une jolie parure, et qui me fait souvenir de ces quatre puces célèbres que montrait autrefois un charlatan, subtil ouvrier, dans une fiole où il avait trouvé le secret de les faire vivre : il leur avait mis à chacune une salade [1] en tête, leur avait passé un corps de cuirasse, mis des brassards, des genouillères, la lance sur la cuisse ; rien ne leur manquait, et en cet équipage elles allaient par sauts et par bonds dans leur bouteille. Feignez un homme de la taille du mont *Athos* [2], (pourquoi non ? une âme serait-elle embarrassée d'animer un tel corps ? elle en serait plus au large) : si cet homme avait la vue assez subtile pour vous découvrir quelque part sur la terre avec vos armes offensives et défensives, que croyez-vous qu'il penserait des petits marmousets ainsi équipés, et de ce que vous appelez guerre, cavalerie, infanterie, un mémorable siège, une fameuse journée ?

N'entendrai-je donc plus bourdonner d'autre chose parmi vous ? le monde ne se divise-t-il plus qu'en régiments et en compagnies? tout est-il devenu bataillon ou escadron ? *Il a pris une ville, il en a pris une seconde, puis une troisième ; il a gagné une bataille, deux batailles ; il chasse l'ennemi, il vainc* [3] *sur mer, il vainc sur terre* : est-ce de quelqu'un de vous autres, est-ce d'un géant, d'un *Athos*, que vous parlez? Vous avez surtout

1. *Une salade.* Légère coiffure des chevau-légers ; elle différait du casque en ce qu'elle n'était presque qu'un simple pot.

2. *Athos*, Montagne de la Roumélie, à l'extrémité de la presqu'île de Salonique.

3. *Il vainc.* Ce mot est d'un emploi rare.

un homme [1] pâle et livide, qui n'a pas sur soi dix onces de chair, et que l'on croirait jeter à terre du moindre souffle. Il fait néanmoins plus de bruit que quatre autres et met tout en combustion ; il vient de pêcher en eau trouble une île [2] tout entière ; ailleurs, à la vérité, il est battu et poursuivi, mais il se sauve par *les marais*, et ne veut écouter ni paix ni trêve. Il a montré de bonne heure ce qu'il savait faire ; il a mordu le sein de sa nourrice [3], elle en est morte, la pauvre femme ; je m'entends, il suffit.

Les maux de la guerre

La guerre a pour elle l'antiquité ; elle a été dans tous les siècles ; on l'a toujours vue remplir le monde de veuves et d'orphelins, épuiser les familles d'héritiers, et faire périr les frères à une même bataille. Jeune SOYECOUR [4], je regrette ta vertu, ta pudeur, ton esprit déjà mûr, pénétrant, élevé, sociable ; je plains cette mort prématurée qui te joint à ton intrépide frère [5], et t'enlève à une cour où tu n'as fait que te montrer : malheur déplorable, mais ordinaire ! De tout temps les

1. *Un homme pâle.* Il s'agit ici du prince d'Orange.
2. *Une île.* L'Angleterre.
3. *Il a mordu le sein de sa nourrice.* Le prince d'Orange devenu plus puissant par la couronne d'Angleterre, s'était rendu maître absolu en Hollande, et y faisait tout ce qui lui plaisait.
4. Le chevalier de Soyecour, capitaine-lieutenant des gendarmes-dauphin, blessé mortellement à la bataille de Fleurus, gagnée le 1er juillet 1690, par le maréchal de Luxembourg, sur le prince de Waldeck, l'un des plus habiles généraux de la ligue d'Augsbourg.
5. Le marquis de Soyecour, colonel du régiment de Vermandois, tué dans la même bataille. — Ces deux officiers étaient les fils de la marquise de Belleforière de Soyecour, dont il a été parlé ci-dessus.

hommes, pour quelque morceau de terre de plus ou de moins, sont convenus entre eux de se dépouiller, se tuer, s'égorger les uns les autres ; et, pour le faire plus ingénieusement et avec plus de sûreté, ils ont inventé de belles règles qu'on appelle l'art militaire ; ils ont attaché à la pratique de ces règles la gloire ou la plus solide réputation, et ils ont, depuis, enchéri de siècle en siècle sur la manière de se détruire réciproquement. De l'injustice des premiers hommes, comme de son unique source, est venue la guerre, ainsi que la nécessité où ils se sont trouvés de se donner des maîtres qui fixassent leurs droits et leurs prétentions. Si, content du sien, on eût pu s'abstenir du bien de ses voisins, on avoit pour toujours la paix et la liberté.

DE LA MODE

Le fleuriste.

Le fleuriste[1] a un jardin dans un faubourg ; il y court au lever du soleil, et il en revient à son coucher. Vous le voyez planté et qui a pris racine au milieu de ses tulipes et devant la *Solitaire* ; il ouvre de grands yeux, il frotte ses mains, il se baisse, il la voit de plus près, il ne l'a jamais vue si belle, il a le cœur épanoui de joie ; il il la quitte pour l'*Orientale ;* de là, il va à la *Veuve ;* il passe au *Drap d'or ;* de celle-ci à l'*Agathe,* d'où il revient enfin à la *Solitaire,* où il se fixe, où il se lasse, où il s'assied, où il oublie de dîner ; aussi est-elle nuancée, bordée, huilée, à pièces emportées ; elle a un beau vase ou un beau calice ; il la contemple, il l'admire ; Dieu et la nature sont en tout cela ce qu'il n'admire point ; il ne va pas plus loin que l'oignon de sa tulipe, qu'il ne livreroit pas pour mille écus, et qu'il donnera pour rien quand les tulipes seront négligées et que les œillets auront prévalu. Cet homme raisonnable, qui a une âme, qui a un culte et une religion, revient chez soi fatigué, affamé, mais fort content de sa journée : il a vu des tulipes.

1. *Le Fleuriste.* M. Cabout, avocat au Conseil ; il s'occupait des affaires du Grand Condé, et, à ses heures de loisir, des fleurs de Chantilly, où La Bruyère a dû le voir souvent.

L'amateur d'une seule prune[1].

Parlez à cet autre de la richesse des moissons, d'une ample récolte, d'une bonne vendange ; il est curieux de fruits, vous n'articulez pas, vous ne vous faites pas entendre : parlez-lui de figues et de melons, dites que les poiriers rompent de fruits cette année, que les pêchers ont donné avec abondance ; c'est pour lui un idiome inconnu, il s'attache aux seuls pruniers, il n'a de l'amour que pour une certaine espèce ; toute autre que vous lui nommez le fait sourire et se moquer ; il vous mène à l'arbre, cueille artistement cette prune exquise, il l'ouvre, vous en donne une moitié, et prend l'autre. Quelle chair ! dit-il ; goûtez-vous cela? cela est-il divin ? voilà ce que vous ne trouverez pas ailleurs : et là-dessus ses narines s'enflent, il cache avec peine sa joie et sa vanité par quelques dehors de modestie. O l'homme divin, en effet, homme qu'on ne peut jamais assez louer et admirer ! homme dont il sera parlé dans plusieurs siècles ! que je voie sa taille et son visage pendant qu'il vit ; que j'observe les traits et la contenance d'un homme qui, seul entre les mortels, possède une telle prune !

Le Bibliomane.

Tel autre fait la satire de ces gens qui s'engagent par inquiétude ou par curiosité dans de longs voyages, qui

1. *L'amateur d'une seule prune.* D'après Walckenaer, c'était Rambouillet, célèbre financier, qui, dans le vaste enclos qui a pris son nom. dans le faubourg St-Antoine, faisait cultiver les meilleurs fruits de Paris. On envoyait chercher pour la table du roi des fruits de l'enclos de Rambouillet qu'on appelait aussi des quatre Pavillons.

ne font ni mémoires, ni relations, qui ne portent point de tablettes, qui vont pour voir, et qui ne voient pas, ou qui oublient ce qu'ils ont vu ; qui désirent seulement de connoître de nouvelles tours ou de nouveaux clochers, et de passer des rivières qu'on n'appelle ni la Seine, ni la Loire ; qui sortent de leur patrie pour y retourner, qui aiment à être absents, qui veulent, un jour, être revenus de loin. Et ce satirique parle juste, et se fait écouter.

Mais, quand il ajoute que les livres en apprennent plus que les voyages, et qu'il m'a fait comprendre par ses discours qu'il a une bibliothèque, je souhaite de la voir ; je vais trouver cet homme, qui me reçoit dans une maison où, dès l'escalier, je tombe en foiblesse d'une odeur de maroquin noir dont ses livres sont tous couverts. Il a beau me crier aux oreilles, pour me ranimer, qu'ils sont dorés sur tranche, ornés de filets d'or et de la bonne édition, me nommer les meilleurs, l'un après l'autre, dire que sa galerie est remplie, à quelques endroits près, qui sont peints de manière qu'on les prend pour de vrais livres arrangés sur des tablettes, et que l'œil s'y trompe ; ajouter qu'il ne lit jamais, qu'il ne met pas le pied dans cette galerie, qu'il y viendra pour me faire plaisir ; je le remercie de sa complaisance, et ne veux non plus que lui visiter sa tannerie, qu'il appelle bibliothèque.

L'Amateur d'Oiseaux.

Diphile[1] commence par un oiseau et finit par mille ;

1. *Diphile*. Santeul ou Santeuil, dont on a déjà parlé, parmi ses nombreuses manies, poussait beaucoup trop loin l'amour de l'argent et des serins. Il avait sa maison pleine

sa maison n'en est pas égayée, mais empestée ; la cour, la salle, l'escalier, le vestibule, les chambres, le cabinet, tout est volière ; ce n'est plus un ramage, c'est un vacarme ; les vents d'automne et les eaux dans leurs plus grande crues ne font pas un bruit si perçant et si aigu ; on ne s'entend non plus parler les uns les autres que dans ces chambres où il faut attendre, pour faire le compliment d'entrée, que les petits chiens aient aboyé. Ce n'est plus pour Diphile un agréable amusement, c'est une affaire laborieuse et à laquelle, à peine, il peut suffire. Il passe les jours, ces jours qui échappent et qui ne reviennent plus, à verser du grain et à nettoyer des ordures ; il donne pension à un homme qui n'a point d'autre ministère que de siffler des serins au flageolet et de faire couver des *canaries*. Il est vrai que ce qu'il dépense d'un côté, il l'épargne de l'autre, car ses enfants sont sans maîtres et sans éducation. Il se renferme le soir, fatigué de son propre plaisir, sans pouvoir jouir du moindre repos que ses oiseaux ne repo-

de ces oiseaux ; et comme il lui fallait des œufs durs pour les nourrir ; il aimait mieux en demander au cellerier de son couvent que d'en acheter. Celui-ci trouvant qu'il revenait trop souvent à la charge, lui refusa un jour sa demande. Santeuil, en colère et roulant des yeux, lui dit d'une voix menaçante :

« Num quid Santolius non valet ova duo ? »
Le poète Santeuil ne vaut-il pas deux œufs ?

Le cellerier ne put l'apaiser qu'en lui accordant sa demande. La reine d'Angleterre étant venue le visiter, une dame de sa suite lui déroba un serin et le cacha. Santeuil s'en aperçut, et en présence de la reine, reprit avec humeur son serin, malgré les prières et les instances de la dame. Un des serins de Santeuil chantait si bien et si souvent, qu'il prétendait que l'âme de Lulli avait passé dans le corps de cet oiseau ». Walckenaer.

D'autres pense que *Diphile* n'est autre que le gouverneur des serins de la princesse de Bourbon, mère de l'élève de La Bruyère.

sent, et que ce petit peuple, qu'il n'aime que parce qu'il chante, ne cesse de chanter. Il retrouve ses oiseaux dans son sommeil; lui-même il est oiseau, il est huppé, il gazouille, il perche, il rêve la nuit qu'il mue ou qu'il couve.

L'amateur de coquillages, d'insectes.

Qui pourroit épuiser tous les différents genres de curieux? Devineriez-vous, à entendre parler celui-ci de son *Léopard*, de sa *Plume*, de sa *Musique*[1], les vanter comme ce qu'il y a sur la terre de plus singulier et de plus merveilleux, qu'il veut vendre ses coquilles? Pourquoi non, s'il les achète au poids de l'or[2] ?

Cet autre aime les insectes, il en fait tous les jours de nouvelles emplettes ; c'est surtout le premier homme de l'Europe pour les papillons, il en a de toutes les tailles et de toutes les couleurs. Quel temps prenez-vous pour lui rendre visite? Il est plongé dans une amère douleur, il a l'humeur noire, chagrine, et dont toute sa famille souffre; aussi a-t-il fait une perte irréparable. Approchez, regardez ce qu'il vous montre sur son doigt, qui n'a plus de vie et qui vient d'expirer : c'est une chenille, et quelle chenille!

1. Sortes de coquillages. (*Note de La Bruyère.*)

2. *Au poids de l'or.* Lister, le plus savant conchyliologiste de son temps, rend compte de la magnifique collection de coquilles d'un certain M. Boucot, un des gardes des rôles des officiers de France. Il demeurait rue Hautefeuille. Il me montra, dit-il, une grande coquilles bivalve qui n'est pas commune, que le dernier duc d'Orléans a payée 900 livres. Celui qui la lui vendit, dit au duc qu'un amateur de Paris lui avait offert onze mille livres pour trente-deux coquilles ; sur quoi le duc d'Orléans lui répliqua : « Dites-moi qui est le plus fou des deux, celui qui a fait l'offre ou celui qui l'a refusée? » Walckenaer.

La vertu seule survit à la Mode.

Un homme à la mode dure peu[1], car les modes passent ; s'il est par hasard homme de mérite, il n'est pas anéanti,[2] et il subsiste[3] encore par quelque endroit : également estimable, il est seulement moins estimé.

La vertu a cela d'heureux, qu'elle se suffit à elle-même, et qu'elle sait se passer d'admirateurs, de partisans et de protecteurs : le manque d'appui et d'approbation non-seulement ne lui nuit pas, mais il la conserve, l'épure, et la rend parfaite : qu'elle soit à la mode, qu'elle n'y soit plus, elle demeure vertu.

Si vous dites aux hommes, et surtout aux grands. qu'un tel a de la vertu, ils vous disent : qu'il la garde ! qu'il a bien de l'esprit, de celui surtout qui plaît et qui amuse, ils vous répondent : tant mieux pour lui ; qu'il a l'esprit fort cultivé, qu'il sait beaucoup, ils vous demandent qu'elle heure il est, ou quel temps il fait. Mais si vous leur apprenez qu'il y a un *Tigillin*[4] qui *souffle* ou qui *jette en sable*[5] un verre d'eau-de-vie, et, chose merveilleuse, qui y revient à plusieurs fois en un repas, alors ils disent : Où est-il ? amenez-le-moi demain, ce soir ; me l'amènerez-vous ? On leur amène ; et cet homme, propre à parer les avenues d'une foire et à être

1. *Dure peu.* Expressionconcise et originale.
2. *Anéanti.* Réduit à néant.
3. *Subsiste.* Sans doute ; le souvenir de son mérite survit à la mode et ne le laisse pas oublier.
4. *Tigillin.* Favori de Néron et préfet des cohortes prétoriennes ; fameux par ses débauches, son avarice et sa cruauté. Galba, parvenu à l'empire le fit mourir.
5. *Jeter en sable* signifie, en terme de débauche, avaler tout d'un coup et sans prendre haleine.

montré en chambre pour de l'argent, ils l'admettent dans leur familiarité.

Durée éphémère de la Mode.

Une personne à la mode ressemble à une *fleur bleue* [1] qui croît de soi-même dans les sillons où elle étouffe les épis, diminue la moisson et tient la place de quelque chose de meilleur; qui n'a de prix et de beauté que ce qu'elle emprunte d'un caprice léger qui naît et qui tombe presque dans le même instant: aujourd'hui elle est courue, les femmes s'en parent; demain elle est négligée et rendue au peuple.

Une personne de mérite [2], au contraire, est une fleur qu'on ne désigne pas par sa couleur, mais que l'on nomme par son nom, que l'on cultive pour sa beauté ou pour son odeur, l'une des grâces de la nature, l'une de ces choses qui embellissent le monde, qui est de tous les temps et d'une vogue ancienne et populaire; que nos pères ont estimée et que nous estimons après nos pères;

1. *Fleur bleue*, barbeaux ou bluets qui croissent parmi les blés et les seigles. Ils furent à la mode, un été, à Paris. Les dames en mettaient en bouquet.

2. *Une personne de mérite.* Tout ce passage, empreint d'un charme particulier, fait penser à ces vers de Voltaire à Mme de Flamarens, qui avait brûlé son manchon, parce qu'il n'était plus à la mode :

Il est une déesse inconstante, incommode,
Bizarre dans ses goûts, folle en ses ornements,
Qui paraît, fuit, revient, et naît en tous les temps :
Protée était son père, et son nom est la Mode.
Il est un Dieu charmant, son modeste rival,
Toujours nouveau comme elle et jamais inégal,
Vif sans emportement, sage sans artifice,
Ce Dieu est le Mérite.

à qui le dégoût ou l'antipathie de quelques-uns ne sauroit nuire : un lis, une rose.

Extravagances de la Mode.

L'on blâme une mode qui, divisant la taille des hommes en deux parties égales, en prend une tout entière pour le buste et laisse l'autre pour le reste du corps ; l'on condamne celle qui fait de la tête des femmes la base d'un édifice à plusieurs étages, dont l'ordre et la structure changent selon leurs caprices ; qui éloigne les cheveux du visage, bien qu'ils ne croissent que pour l'accompagner ; qui les relève et les hérisse à la manière des Bacchantes, et semble avoir pourvu à ce que les femmes changent leur physionomie douce et modeste en une autre qui soit fière et audacieuse. On se récrie enfin contre une telle ou une telle mode, qui cependant, toute bizarre qu'elle est, pare et embellit pendant qu'elle dure, et dont l'on tire tout l'avantage qu'on en peut espérer, qui est de plaire. Il me paroît qu'on devroit seulement admirer l'inconstance et la légèreté des hommes, qui attachent successivement les agréments et la bienséance à des choses tout opposées, qui emploient pour le comique et pour la mascarade ce qui leur a servi de parure grave et d'ornements les plus sérieux, et que si peu de temps en fasse la différence.

Iphis ou l'Efféminé.

Iphis voit à l'église un soulier d'une nouvelle mode ; il regarde le sien, et en rougit ; il ne se croit plus habillé. Il était venu à la messe pour s'y montrer, et il se cache : le voilà retenu par le pied dans sa chambre tout le reste du jour. Il a la main douce, et il l'entretient avec une pâte de senteur. Il a soin de rire pour montrer ses dents : il fait la petite bouche, et il n'y a guère de moments où il ne veuille sourire. Il regarde ses jambes, il se voit au miroir ; l'on ne peut être plus content de personne qu'il l'est de lui-même. Il s'est acquis une voix claire et délicate, et heureusement il parle gras. Il a un mouvement de tête, et je ne ne sais quel adoucissement dans les yeux, dont il n'oublie pas de s'embellir. Il a une démarche molle, et le plus joli maintien qu'il est capable de se procurer. Il met du rouge, mais rarement, il n'en fait pas habitude : il est vrai aussi qu'il porte des chausses et un chapeau, et qu'il n'a ni boucles d'oreilles, ni collier de perles ; aussi ne l'ai-je pas mis dans le chapitre des femmes.

Un Courtisan comme il n'y en a pas.

Quand un courtisan sera humble, guéri du faste et de l'ambition ; qu'il n'établira point sa fortune sur la ruine de ses concurrents ; qu'il sera équitable, soulagera ses vassaux, payera ses créanciers ; qu'il ne sera ni fourbe, ni médisant ; qu'il renoncera aux grands repas et aux amours illégitimes ; qu'il priera autrement que des lèvres et même hors de la présence du prince ; quand, d'ailleurs, il ne sera point d'un abord farouche et difficile ; qu'il n'aura point le visage austère et la mine triste ; qu'il ne sera point paresseux et contemplatif ; qu'il saura rendre, par une scrupuleuse attention divers emplois très compatibles ; qu'il pourra et qu'il voudra même tourner son esprit et ses soins aux grandes et laborieuses affaires, à celles surtout d'une suite la plus étendue pour les peuples et pour tout l'État ; quand son caractère me fera craindre de le nommer en cet endroit, et que sa modestie l'empêchera, si je ne le nomme pas, de s'y reconnoître; alors je dirai de ce personnage : Il est dévot [1], ou plutôt, c'est un homme donné à son siècle pour le modèle d'une vertu sincère et pour le discernement de l'hypocrite.

Onuphre ou le Tartufe [2].

Onuphre n'a pour tout lit qu'une housse de serge [3], grise, mais il couche sur le coton et sur le duvet ; de même il est habillé simplement, mais commodément, je

1. *Il est dévot.* « Le vrai dévot, dans la pensée de La Bruyère, était, selon toutes les clés, le duc de Beauvillier, gouverneur des enfants de France, fils du duc de Saint-Aignan, dont il s'est emparé de tous les biens sans payer les dettes. » Cette note malveillante nous est donnée par les clés du dix-huitième siècle. Mais Saint-Simon, qu'on sait fort mauvaise langue, fait pourtant le plus bel éloge du duc de Beauvillier, l'ami intime de Fénelon.

2. *Onuphre.* Nous avons apprécié ailleurs (voir Marivaux moraliste) le caractère d'Onuphre et celui de M. de Climal, l'hypocrite de Marivaux. Qu'on nous permette de citer cette appréciation: « Si l'hypocrite de Marivaux est inférieur à celui de Molière, il peut hardiment se comparer à celui que La Bruyère a composé, avec l'intention évidente de mettre en lumière toutes les fautes contre la vraisemblance dont Tartufe peut être accusé. Il est certain que M. de Climal est tout aussi près qu'Onuphre de la réalité. Il nous était connu bien avant que Marivaux nous l'eût montré, et nous l'avons souvent rencontré dans le monde. Il a même de plus sur le personnage de La Bruyère, l'avantage de parler et d'agir. C'est un acteur qui remplit très habilement son rôle, qui marche à sa conquête avec un art infini, mettant en œuvre les sophismes les mieux trouvés pour surprendre l'inexpérience et la bonne foi de celle qu'il veut tromper ».

Avec Onuphre, nous n'avons qu'un ensemble d'observations, recueillies à loisir, et présentées, il est vrai, avec beaucoup d'esprit et d'originalité ; mais il y manque l'action et la vie, qui demandent bien autrement de puissance d'invention qu'un simple portrait si ingénieux qu'on le suppose [1]. »

3. *Pour tout lit.* Dans sa nouvelle des *Hypocrites*, Scarron a

1. *Marivaux moraliste*, par Em. *Gossot.* — Librairie académique, 35, quai des Grands-Augustins, Paris.

veux dire d'une étoffe fort légère en été, et d'une autre fort moelleuse pendant l'hiver ; il porte des chemises très-déliées, qu'il a un très-grand soin de bien cacher. Il ne dit point : *Ma haire et ma discipline*, au contraire ; il passeroit pour ce qu'il est, pour un hypocrite, et il veut passer pour ce qu'il n'est pas, pour un homme dévot ; il est vrai qu'il fait en sorte que l'on croie, sans qu'il le dise, qu'il porte une haire et qu'il se donne la discipline. Il y a quelques livres répandus dans sa chambre indifféremment ; ouvrez-les : c'est *le Combat spirituel*, *le Chrétien intérieur* et *l'Année sainte* ; d'autres livres sont sous la clef.

S'il marche par la ville, et qu'il découvre de loin un homme devant qui, il est nécessaire qu'il soit dévot, les yeux baissés, la démarche lente et modeste, l'air recueilli, lui sont familiers, il joue son rôle. S'il entre dans une église, il observe d'abord de qui il peut être vu, et, selon la découverte qu'il vient de faire, il se met à genoux et prie, ou il ne songe ni à se mettre à genoux, ni à prier. Arrive-t-il vers lui un homme de bien et d'autorité qui le verra et qui peut l'entendre, non-seulement il prie, mais il médite, il pousse des élans et des soupirs ; si l'homme de bien se retire, celui-ci, qui le voit partir, s'apaise et ne souffle pas. Il entre une autre fois dans un lieu saint, perce la foule, choisit un endroit pour se recueillir, où tout le monde voit qu'il s'humilie ; s'il

dit la même chose d'une manière très comique : « Leurs lits ort simples n'étaient le jour, couverts que de nattes, et la nuit, de tout ce qu'il fallait pour dormir délicieusement. Leur porte, en hiver, se fermait à cinq heures, en été, a sept, avec autant de ponctualité qu'un couvent bien réglé ; alors les broches tournaient, la cassolette s'allumait, le gibier se rôtissait, le couvert se mettait bien propre, et l'hypocrite triumvirat mangeait de grande force et buvait chaleureusement à la santé de ses dupes. »

entend des courtisans qui parlent, qui rient, et qui sont à la chapelle avec moins de silence que dans l'antichambre, il fait plus de bruit qu'eux pour les faire taire; il reprend sa méditation qui est toujours la comparaison qu'il fait de ces personnes avec lui-même, et où il trouve son compte.

Il évite une église déserte et solitaire où il pourroit entendre deux messes de suite, le sermon, vêpres et complies, tout cela entre Dieu et lui, et sans que personne lui en sût gré; il aime la paroisse, il fréquente les temples où se fait un grand concours: on n'y manque point son coup, on y est vu. Il choisit deux ou trois jours dans toute l'année, où, à propos de rien, il jeûne ou fait abstinence; mais à la fin de l'hiver il tousse, il a une mauvaise poitrine, il a des vapeurs, il a eu la fièvre; il se fait prier, presser, quereller, pour rompre le carême dès son commencement, et il en vient là par complaisance. Si Onuphre est nommé arbitre dans une querelle de parents ou dans un procès de famille, il est pour les plus forts, je veux dire pour les plus riches, et il ne se persuade point que celui ou celle qui a beaucoup de bien puisse avoir tort.

Il n'oublie pas de tirer avantage de l'aveuglement de son ami, et de la prévention où il l'a jeté en sa faveur: tantôt il lui emprunte de l'argent [1], tantôt il fait si bien que cet ami lui en offre; il se fait reprocher de n'avoir pas recours a ses amis dans ses besoins. Quelquefois il ne veut pas recevoir une obole sans donner un billet, qu'il est bien sûr de ne jamais retirer. Il dit une autre fois, et d'une certaine manière, que rien ne lui manque,

1. *Tantôt il lui emprunte de l'argent.* Ici Onuphre tombe dans e rôle du Dorante du *Bourgeois gentilhomme*: c'est moins un hypocrite qu'un intrigant, un parasite.

et c'est lorsqu'il ne lui faut qu'une petite somme : il vante quelque autre fois publiquement la générosité de cet homme, pour le piquer d'honneur et le conduire à lui faire une grande largesse ; il ne pense point à profiter de toute sa succession, ni à s'attirer une donation générale de tous ses biens, s'il s'agit surtout de les enlever à un fils, le légitime héritier. Un homme dévot n'est ni avare, ni violent, ni injuste, ni même intéressé. Onuphre n'est pas dévot, mais il veut être cru tel, et, par une parfaite quoique fausse imitation de la piété, ménager sourdement ses intérêts ; aussi ne se joue-t-il pas à la ligne directe, et il ne s'insinue jamais dans une famille où se trouvent tout à la fois une fille à pourvoir et un fils à établir : il y a là des droits trop forts et trop inviolables ; on ne les traverse point sans faire de l'éclat, et il l'appréhende ; sans qu'une pareille entreprise vienne aux oreilles du prince, à qui il dérobe sa marche par la crainte qu'il a d'être découvert et de paraître ce qu'il est. Il en veut à la ligne collatérale, on l'attaque plus impunément ; il est la terreur des cousins et des cousines, du neveu et de la nièce, le flatteur et l'ami déclaré de tous les oncles qui ont fait fortune ; il se donne pour l'héritier légitime de tout vieillard qui meurt riche et sans enfants, et il faut que celui-ci le déshérite, s'il veut que ses parents recueillent sa succession ; si Onuphre ne trouve pas jour à les en frustrer à fond, il leur en ôte du moins une bonne partie : une petite calomnie, moins que cela, une légère médisance lui suffit pour ce pieux dessin ; et c'est le talent qu'il possède à un plus haut degré de perfection ; il se fait même souvent un point de conduite de ne le pas laisser inutile ; il y a des gens, selon lui, qu'on est obligé en conscience de décrier, et ces gens sont ceux qu'il n'aime point, à qui il veut nuire, et dont il désire la dépouille. Il vient à ses fins sans se donner même la peine d'ouvrir la bouche ; on lui parle d'*Eudoxe*, il sourit ou il soupire ; on l'interroge, on insiste, il ne répond rien ; il a raison : il en a assez dit.

Le moment où je parle est déjà loin de moi.

Je ne doute point que la vraie dévotion ne soit la source du repos ; elle fait supporter la vie et rend la mort douce, on n'en tire pas tant de l'hypocrisie.

Chaque heure en soi comme à notre égard, est unique ; est-elle écoulée une fois, elle a péri entièrement, les millions de siècles ne la ramèneront pas. Les jours, les mois, les années s'enfoncent et se perdent sans retour dans l'abîme des temps. Le temps même sera détruit : ce n'est qu'un point dans les espaces immenses de l'éternité, et il sera effacé[1]. Il y a de légères et frivo-

1. *Et il sera effacé.* — Rapprochons de cet éloquent passage quelques-unes des belles paroles d'Arcesius à son arrière petit-fils Télémaque: « Ainsi les hommes passent comme les fleurs qui s'épanouissent le matin, et qui, le soir, sont flétries et foulées aux pieds. Les générations des hommes s'écoulent comme les ondes d'un fleuve rapide qui entraîne avec lui tout ce qui paraît le plus immobile. Toi-même, ô mon fils, mon cher fils; toi-même qui jouis maintenant d'une jeunesse si vive et si féconde en plaisirs, souviens-toi que ce bel âge n'est qu'une fleur qui sera presque aussitôt séchée qu'éclose ; tu verras changer insensiblement les grâces riantes et les doux plaisirs qui t'accompagnent. La force, la santé, la joie, s'évanouiront comme un beau songe; il ne t'en restera qu'un triste souvenir... Ce temps te paraît éloigné : hélas ! tu te trompes, mon fils; il se hâte, le voilà qui arrive : ce qui vient avec tant de rapidité n'est pas loin de toi, et le présent qui s'enfuit est déjà bien loin, puisqu'il s'anéantit dans le moment que nous parlons, et ne peut plus se rapprocher.... Prépare-toi, par des mœurs pures et par l'amour de la justice, une place dans cet heureux séjour de la paix. »

(*Télémaque*, liv. XIX, p. 224 et 225.)

les circonstances du temps qui ne sont point stables, qui passent, et que j'appelle des modes, la grandeur, la faveur, les richesses, la puissance, l'autorité, l'indépendance, le plaisir, les joies, la superfluité. Que deviendront ces modes quand le temps même aura disparu ? La vertu seule, si peu à la mode, va au delà des temps.

DE QUELQUES USAGES

La vraie noblesse.

Je le déclare nettement, afin que l'on s'y prépare, et que personne un jour n'en soit surpris : s'il arrive jamais que quelque grand me trouve digne de ses soins, si je fais enfin une belle fortune, il y a un Geoffroy de La Bruyère que toutes les chroniques rangent au nombre des plus grands seigneurs de France qui suivirent GODEFROY DE BOUILLON à la conquête de la Terre-Sainte : voilà alors de qui je descends en ligne directe.

Si la noblesse est vertu, elle se perd par tout ce qui n'est pas vertueux, et, si elle n'est pas vertu[1], c'est peu de chose.

Les riches sinécures sont de tous les régimes.

On a toujours vu dans la république de certaines charges qui semblent n'avoir été imaginées la première fois que pour enrichir un seul aux dépens de plusieurs ; les fonds ou l'argent des particuliers y coulent sans fin et sans interruption. Dirai-je qu'il n'en revient plus, ou

1. *Si elle n'est pas vertu.* — Boileau a dit :

> ... Fussiez-vous issu d'Hercule en droite ligne,
> Si vous ne faites voir qu'une bassesse indigne,
> Ce long amas d'aïeux que vous diffamez tous
> Sont autant de témoins qui parlent contre vous.

qu'il n'en revient que tard? C'est un gouffre, c'est une mer qui reçoit les eaux des fleuves, et qui ne les rend pas; ou, si elle les rend, c'est par des conduits secrets et souterrains, sans qu'il y paroisse, ou qu'elle en soit moins grosse et moins enflée; ce n'est qu'après en avoir joui longtemps, et qu'elle ne peut plus les retenir.

La vertu sans l'argent est un meuble inutile. (Boileau.)

Vous avez une pièce d'argent ou même une pièce d'or; ce n'est pas assez, c'est le nombre qui opère: faites-en, si vous pouvez, un amas considérable et qui s'élève en pyramide, et je me charge du reste. Vous n'avez ni naissance, ni esprit, ni talents, ni expérience, qu'importe? ne diminuez rien de votre monceau, et je vous placerai si haut que vous vous couvrirez devant votre maître, si vous en avez; il sera même fort éminent, si, avec votre métal, qui de jour à autre se multiplie, je ne fais en sorte qu'il se découvre devant vous.

Déception d'un captateur de testaments[1].

Titius assiste à la lecture d'un testament avec des yeux rouges et humides, et le cœur serré de la perte de

1. *Titius*. Les clés du dix-huitième siècle désignent M. Hennequin, procureur général au grand Conseil. Il avait été fait légataire universel par le testament de Mme Falentin, femme de l'avocat au conseil, qui n'avoit fait faire ce testament au profit du sieur Hennequin que dans la vue qu'il remettrait les biens, comme un fideicommis. Mais le sieur Hennequin ne l'ayant pas pris sur ce ton, et voulant s'approprier les biens, même, ayant pris le deuil et fait habiller tous ses domestiques, M. Falentin fit paroître un autre testament en faveur de M. de Bragelogne, qui révoquait le premier, et qui a été confirmé, celui-ci ayant mieux entendu l'intention de la défunte.

celui dont il espère recueillir la succession. Un article lui donne la charge, un autre les rentes de la ville, un troisième le rend maître d'une terre à la campagne; il y a une clause qui, bien entendue, lui accorde une maison située au milieu de Paris, comme elle se trouve, et avec les meubles: son affliction augmente; les larmes lui coulent des yeux; le moyen de les contenir? il se voit officier, logé aux champs et à la ville, meublé de même; il se voit une bonne table et un carrosse. *Y avoit-il un plus honnête homme que le défunt, un meilleur homme?* Il y a un codicille, il faut le lire; il fait *Mœvius* légataire universel, et il renvoie Titius dans son faubourg, sans rentes, sans titre, et le met à pied. Il essuie ses larmes: c'est à Mœvius à s'affliger.

La frugalité s'impose à un chef d'armée.

Ragoûts [1], liqueurs, entrées, entremets, tous mots qui devroient être barbares et inintelligibles en notre langue; et, s'il est vrai qu'ils ne devroient pas être d'usage en pleine paix, où ils ne servent qu'à entretenir le luxe et la gourmandise, comment peuvent-ils être entendus dans le temps de la guerre et d'une misère publique, à la vue de l'ennemi, à la veille d'un combat, pendant un siège? Où est-il parlé de la table de *Scipion* ou de celle

1. *Ragoûts*, etc. — Ce paragraphe vise les maréchaux de France d'Humières, de Duras et d'autres qui se faisaient suivre à l'armée de leur vaisselle d'argent et avaient une table servie avec la même délicatesse qu'à Paris. Enfin, Louvois fut obligé de prendre une ordonnance contre cet abus. Turenne cependant n'en usait pas ainsi, car Gourville rapporte que ce grand homme n'avait que de la vaisselle de fer-blanc avec une grande table servie de toutes sortes de grosse viandes, telles que langues de bœuf, jambons, cervelas, etc.

de *Marius?* Ai-je lu quelque part que *Miltiade*, qu'*Épaminondas*, qu'*Agésilas*, aient fait un chère délicate? Je voudrois qu'on ne fît mention de la délicatesse, de la propreté et de la somptuosité des généraux qu'après n'avoir plus rien à dire sur leur sujet, et s'être épuisé sur les circonstances d'une bataille gagnée et d'une ville prise ; j'aimerois même qu'ils voulussent se priver de cet éloge.

L'homme aux petites inventions.

Hermippe [1] est l'esclave de ce qu'il appelle ses petites commodités ; il leur sacrifie l'usage reçu, la coutume, les modes, la bienséance ; il les cherche en toutes choses, il quitte une moindre pour une plus grande, il ne néglige aucune de celles qui sont praticables, il s'en fait une

1. *Hermippe.* — Ce portrait se rapporte exactement à un M. Villayer, qui fut de l'Académie française. Voici ce qu'en dit M. Fournier dans la comédie de La Bruyère :

« Ce bonhomme Villayer était plein d'inventions singulières, et avait beaucoup d'esprit. C'est peut-être à lui qu'on doit celle des pendules et des montre à répétitions pour en avoir excité le désir. Il avait disposé à sa portée, dans son lit, une horloge avec un fort grand cadran, dont les chiffres des heures étaient creux et remplis d'épices différentes, en sorte que conduisant son doigt le long de l'aiguille sur l'heure qu'elle marquait ou au plus près de la division de l'heure, il goûtait ensuite, et par le goût et la mémoire, connaissait, la nuit, l'heure qu'il était. C'est lui aussi qui a inventé ces chaises volantes, qui par des contre-poids montent et descendent seules entre deux murs à l'étage qu'on veut, en s'asseyant dedans, par le seul poids du corps, et s'arrêtent où l'on veut. Monsieur le Prince s'en est fort servi à Paris et à Chantilly. Madame la Duchesse, sa belle-fille et fille du roi, en voulut avoir une de même pour son entre-sol, à Versailles, et voulant y monter un soir, la machine manqua et s'arrêta à mi-chemin, en sorte qu'avant qu'on pût l'entendre et la secourir, en rompant le mur, elle y demeura bien trois bonnes heures engagée. Cette aventure la corrigea de la voiture et en a fait passer la mode. »

étude, et il ne se passe aucun jour qu'il ne fasse, en ce genre, une découverte. Il laisse aux autres hommes le dîner et le souper, à peine en admet-il les termes ; il mange quand il a faim, et les mets seulement où son appétit le porte. Il voit faire son lit : quelle main assez adroite ou assez heureuse pourroit le faire dormir comme il veut dormir ? Il sort rarement de chez soi ; il aime la chambre, où il n'est ni oisif ni laborieux, où il n'agit point, où il *tracasse*, et dans l'équipage d'un homme qui a pris médecine. On dépend servilement d'un serrurier et d'un menuisier, selon ses besoins ; pour lui, s'il faut limer, il a une lime ; une scie, s'il faut scier, et des tenailles, s'il faut arracher. Imaginez, s'il est possible, quelques outils qu'il n'ait pas, et meilleurs et plus commodes à son gré que ceux mêmes dont les ouvriers se servent ; il en a de nouveaux et d'inconnus, qui n'ont point de nom, productions de son esprit, et dont il a presque oublié l'usage. Nul ne se peut comparer à lui pour faire en peu de temps et sans peine un travail fort inutile ; il faisoit dix pas pour aller de son lit dans sa garderobe, il n'en fait plus que neuf par la manière dont il a su tourner sa chambre : combien de pas épargnés dans le cours d'une vie ! Ailleurs l'on tourne la clef, l'on pousse contre, ou l'on tire à soi, et une porte s'ouvre : quelle fatigue ! voilà un mouvement de trop qu'il sait épargner ; et comment ? c'est un mystère qu'il ne révèle point. Il est, à la vérité, un grand maître pour le ressort et la mécanique, pour celle du moins dont tout le monde se passe. Hermippe tire le jour de son appartement d'ailleurs que de la fenêtre ; il a trouvé le secret de monter et de descendre autrement que par l'escalier, et il cherche celui d'entrer et de sortir plus commodément que par la porte.

Charlatans et Médecins.

Carro Carri [1] débarque avec une recette qu'il appelle un prompt remède, et qui, quelquefois, est un poison lent : c'est un bien de famille, mais amélioré en ses mains ; de spécifique qu'il était contre la colique, il guérit de la fièvre quarte, de la pleurésie, de l'hydropisie, de l'apoplexie, de l'épilepsie. Forcez un peu votre mémoire, nommez une maladie, la première qui vous viendra en l'esprit : l'hémorragie, dites-vous ? il la guérit.

1. *Carro Carri.* — La Bruyère désigne ici Caretti. C'était un empirique italien qui eut un moment de célébrité, grâce à quelques cures merveilleuses et abandonnées des médecins les plus en renom. Voici ce qu'en dit Saint-Simon : « Ses remèdes eurent quelques succès. Les médecins, jaloux à leur ordinaire, lui firent toutes sortes de querelles, puis de tours, pour le faire échouer, et s'avantagèrent tant qu'ils purent des mauvais succès qui lui arrivaient. Les meilleurs remèdes, et les plus habiles échouent à bien des maladies : à plus forte raison, ces sortes de gens qui donnent le même remède, tout au plus déguisé, à toutes sortes de maux, et qui, à tout hasard, entreprennent les plus désespérés, et des gens à l'agonie, à qui les médecins ne peuvent plus rien faire. Dans l'espérance que, si ces malades viennent à réchapper, on criera au miracle du remède et qu'on courra après eux, et que, s'ils ne réussissent pas, ils auront une excuse bien légitime par l'extrémité que ces malades ont attendue avant de les appeler. Caretti vécut ainsi assez longtemps, et n'avait d'autre subsistance que son industrie. Il avait de l'esprit, du langage et de la conduite : il réussit assez pour se mettre en quelque réputation. Cadrousse[1], alors fort du monde, et depuis longtemps désespéré de la poitrine, se mit entre ses mains et guérit parfaitement. Cela le mit sur un grand pied qui fut soutenu par d'autres fort belles cures.

La plus singulière fut celle de M. de la Feuillade abandonné solennellement des médecins qui le signèrent, et que Caretti ne voulut pas entreprendre sans cette formalité. Caretti le guérit parfaitement et en peu de temps Il était fort cher pour ces sortes d'entreprises, et faisait consigner gros. »

1. *Cadrousse* ou *Caderousse*, duc de Gramont.

Il ne ressuscite personne, il est vrai ; il ne rend pas la vie aux hommes ; mais il les conduit nécessairement jusqu'à la décrépitude, et ce n'est que par hasard que son père et son aïeul, qui avaient ce secret, sont morts fort jeunes. Les médecins reçoivent pour leurs visites ce qu'on leur donne, quelques-uns se contentent d'un remercîment ; Carro Carri est si sûr de son remède et de l'effet qui en doit suivre, qu'il n'hésite pas de s'en faire payer d'avance, et de recevoir avant que de donner : si le mal est incurable, tant mieux, il n'en est que plus digne de son application et de son remède : commencez par lui livrer quelque sacs de mille francs, passez-lui un contrat de constitution, donnez lui une de vos terres, la plus petite, et ne soyez pas ensuite plus inquiet que lui de votre guérison. L'émulation de cet homme a peuplé le monde de noms en O et en I, noms vénérables, qui imposent aux malades et aux maladies. Vos médecins, Fagon, et de toutes les facultés, avouez-le, ne guérissent pas toujours, ni sûrement ; ceux, au contraire, qui on hérité de leurs pères la médecine pratique, et à qui l'expérience est échue par succession, promettent toujours et avec serments qu'on guérira. Qu'il est doux aux hommes de tout espérer d'une maladie mortelle, et de se porter encore passablement bien à l'agonie ! La mort surprend agréablement et sans s'être fait craindre : on la sent plutôt qu'on n'a songé à s'y préparer et à s'y résoudre. O FAGON ESCULAPE [1] ! faites régner sur toute la

1. *Fagon Esculape.* — Il avait succédé comme premier médecin de Louis XIV à Daquin, disgrâcié. « Fagon, nous dit Saint-Simon, était un des beaux et des bons esprits de l'Europe, curieux de tout ce qui avait trait à son métier, grand botaniste, bon chimiste, habile connaisseur en chirurgie, excellent médecin et grand praticien... Très désintéressé, ami ardent, mais ennemi qui ne pardonnait point, il aimait la vertu, l'honneur, la valeur,

terre le quinquina [1] et l'émétique [2] ; conduisez à sa perfection la science des simple, qui sont donnés aux hommes pour prolonger leur vie ; observez dans les cures, avec plus de précision et de sagesse que personne n'a encore fait, le climat, les temps, les symptômes et les complexions ; guérissez de la manière seule qu'il convient à chacun d'être guéri ; chassez des corps, où rien ne vous est caché de leur économie, les maladies les plus obscures et les plus invétérées ; n'attentez pas sur celles de l'esprit, elles sont incurables. Laissez à *Corinne*, à *Lesbie*, à *Canidie*, à *Trimalcion*, et à *Carpus*, la passion ou la fureur des charlatans.

Pour bien connaître une langue, il en faut apprendre plusieurs et dans la jeunesse. (J. Simon.)

L'on ne peut guère charger l'enfance de la connoissance de trop de langues, et il me semble que l'on devroit mettre toute son application à l'en instruire ; elles sont utiles à toutes les conditions des hommes, et elles leur

la science, l'application, le mérite, et chercha toujours à l'appuyer sans autre cause ni liaison, et à tomber aussi rudement sur tout ce qui s'y opposait, que si on lui eût été personnellement contraire... Il était l'ennemi implacable de ce qu'il appelait charlatans, c'est-à-dire des gens qui prétendaient avoir des secrets et de donner des remèdes, et sa prévention l'emporta beaucoup trop loin de ce côté-là. Il aimait sa Faculté de Montpellier, et en tout, la médecine jusqu'au culte... Avec cela, délié courtisan, et connaissant parfaitement le roi, Mme de Maintenon la cour et le monde... Sa faveur et sa considération, qui devinrent extrêmes, ne le sortirent jamais de son état ni de ses mœurs, toujours respectueux et toujours à sa place. »

2. *Le quinquina.* Ce médicament était alors tout nouveau. Un Anglais l'avait mis à la mode en guérissant le Dauphin. Fagon fit beaucoup pour en propager l'usage.

3. *L'émétique* avait d'abord été défendu par un arrêt du Parlement.

ouvrent également l'entrée ou à une profonde ou à une facile et agréable érudition. Si l'on remet cette étude si pénible à un âge un peu plus avancé, et qu'on appelle la jeunesse, ou l'on n'a pas la force de l'embrasser par choix, ou l'on n'a pas celle d'y persévérer ; et, si l'on y persévère, c'est consumer à la recherche des langues le même temps qui est consacré à l'usage que l'on en doit faire ; c'est borner à la science des mots un âge qui veut déjà aller plus loin, et qui demande des choses ; c'est au moins avoir perdu les premières et les plus belle années de sa vie. Un si grand fonds ne se peut bien faire que lorsque tout s'imprime dans l'âme naturellement et profondément ; que la mémoire est neuve, prompte et fidèle ; que l'esprit et le cœur sont encore vides de passions, de soins et de désirs, et que l'on est déterminé à de longs travaux par ceux de qui l'on dépend. Je suis persuadé que le petit nombre d'habiles, ou le grand nombre de gens superficiels, vient de l'oubli de cette pratique.

DE LA CHAIRE

Avant donc que d'écrire, apprenez à penser.

Tel tout d'un coup, et sans y avoir pensé la veille, prend du papier, une plume, dit en soi-même : je vais faire un livre ; sans autre talent pour écrire que le besoin qu'il a de cinquante pistoles [1]. Je lui crie inutilement : Prenez une scie, *Dioscore*, sciez [2], ou bien tournez, ou faites une jante de roue [3] ; vous aurez votre salaire. Il n'a point fait l'apprentissage de tous ces métiers. Copiez donc, transcrivez, soyez au plus correcteur d'imprimerie, n'écrivez point. Il veut écrire et faire imprimer ; et parce qu'on n'envoie pas à l'imprimeur un cahier blanc, il le barbouille de ce qui lui plaît. Il écrirait volontiers que la Seine coule à Paris, qu'il y a sept jours dans la semaine, ou que le temps est à la pluie ; et comme ce discours n'est ni contre la religion, ni contre l'Etat, et qu'il

1. *Cinquante pistoles.*

   Travaillez pour la gloire, et qu'un sordide gain,
   Ne soit jamais l'objet d'un illustre écrivain.
   (Boileau, *Art. poétique.*)

2. *Sciez ou bien tournez.* Soyez plutôt maçon, si c'est votre talent,

   Ouvrier estimé dans un art nécessaire,
   Qu'écrivain du commun et poète vulgaire.
   (Boileau, *Art poétique.*)

3. *Jante.* Pièce de bois qui forme le cercle extérieur de la roue.

ne fera point d'autres désordre dans le public que de lui gâter le goût et l'accoutumer aux choses fades et insipides, il passe à l'examen, il est imprimé, et, à la honte du siècle, comme pour l'humiliation des bons auteurs, réimprimé. De même un homme dit en son cœur : je prêcherai, et il prêche ; le voilà en chaire, sans autre talent ni vocation que le besoin d'un bénéfice.

La fonction de l'Avocat.

La fonction de l'avocat est pénible, laborieuse, et suppose, dans celui qui l'exerce, un riche fonds et de grandes ressources. Il n'est pas seulement chargé, comme le prédicateur, d'un certain nombre d'oraisons composées avec loisir, récitées de mémoire, avec autorité, sans contradicteurs, et qui, avec de médiocres changements[1], lui font honneur plus d'une fois ; il prononce de graves plaidoyers devant des juges qui peuvent lui imposer silence, et contre des adversaires qui l'interrompent ; il doit être prêt sur la réplique ; il parle en un même jour, dans divers tribunaux, de différentes affaires. Sa maison n'est pas pour lui un lieu de repos et de retraite, ni un asile contre les plaideurs, elle est ouverte à tous ceux qui viennent l'accabler de leurs questions et de leurs doutes ; il ne se met pas au lit, on

1. *Avec de médiocres changements.* En écrivant cette page, La Bruyère semble avoir pensé au P. Séraphin « qui répétait souvent dans ses sermons deux fois de suite les mêmes phrases. » Voici encore ce qu'en dit Saint-Simon : « Le roi fit des reproches à M. de Vendôme, puis à M. de la Rochefoucauld de ce qu'ils n'allaient jamais au sermon, pas même à ceux du P. Séraphin. M. de Vendôme lui répondit librement qu'il ne pouvait aller entendre un homme qui disait tout ce qu'il lui plaisoit, sans que personne eut la liberté de lui répondre, et fit rire le roi par cette saillie.

ne l'essuie point, on ne lui prépare point des rafraîchissements ; il ne se fait point dans sa chambre un concours de monde de tous les états et de tous les sexes pour le féliciter sur l'agrément et sur la politesse de son langage, lui remettre l'esprit sur un endroit où il a couru risque de demeurer court, ou sur un scrupule qu'il a sur le chevet d'avoir plaidé moins vivement qu'à l'ordinaire. Il se délasse d'un long discours par de plus longs écrits, il ne fait que changer de travaux et de fatigues ; j'ose dire qu'il est dans son genre ce qu'étoient dans le leur les premiers hommes apostoliques.

Les paroles s'envolent, les écrits demeurent.

Quel avantage n'a pas un discours prononcé, sur un ouvrage qui est écrit ! Les hommes sont les dupes de l'action et de la parole, comme de tout l'appareil de l'auditoire : pour peu de prévention qu'ils aient en faveur de celui qui parle, ils l'admirent et cherchent ensuite à le comprendre : avant qu'il ait commencé, ils s'écrient qu'il va bien faire ; ils s'endorment bientôt, et, le discours fini, ils se réveillent pour dire qu'il a bien fait. On se passionne moins pour un auteur ; son ouvrage est lu dans le loisir de la campagne ou dans le silence du cabinet ; il n'y a point de rendez-vous publics pour lui applaudir, encore moins de cabale pour lui sacrifier tous ses rivaux et pour l'élever à la prélature. On lit son livre, quelque excellent qu'il soit, dans l'esprit de le trouver médiocre ; on le feuillette, on le discute, on le confronte ; ce ne sont pas des sons qui se perdent en l'air et qui s'oublient ; ce qui est imprimé demeure imprimé. On l'attend quelquefois plusieurs jours avant l'impression pour le décrier ; et le plaisir le plus délicat que l'on en tire vient de la critique qu'on en fait : on est piqué d'y trouver à chaque page des traits qui doivent plaire, on va même souvent jusqu'à appréhender d'en être diverti, et on ne quitte ce livre que parce qu'il est bon.

DES ESPRITS FORTS

Moins de force que beaucoup de vanité.

Les esprits forts savent-ils qu'on les appelle ainsi par ironie? Quelle plus grande foiblesse que d'être incertain quel est le principe de son être, de sa vie, de ses sens, de ses connoissances, et quelle en doit être la fin? Quel découragement plus grand que de douter si son âme n'est point matière comme la pierre et le reptile, et si elle n'est point corruptible comme ces viles créatures. N'y a-t-il pas plus de force et de grandeur à recevoir dans notre esprit l'idée d'un être supérieur à tous les êtres, qui les a tous faits, et à qui tous se doivent rapporter; d'un être souverainement parfait, qui est pur, qui n'a point commencé et qui ne peut finir, dont notre âme est l'image, et, si j'ose dire, une portion, comme esprit et comme immortelle?

Le besoin rapproche mutuellement les hommes...

Si vous faites cette supposition, que tous les hommes qui peuplent la terre, sans exception, soient chacun dans l'abondance, et que rien ne leur manque, j'infère de là que nul homme qui est sur la terre n'est dans l'abondance, et que tout lui manque. Il n'y a que deux sortes de richesses, et auxquelles les autres se réduisent, l'argent et les terres : si tous sont riches, qui cultivera la terre et qui fouillera les mines? Ceux qui sont éloignés des mines ne les fouilleront pas, ni ceux qui habitent des terres incultes et minérales ne pourront pas en tirer des fruits : on aura recours au commerce, et on le suppose. Mais si les hommes abondent de biens, et que nul ne soit dans le cas de vivre par son travail, qui transportera d'une région à un autre les lingots ou les choses échangées ? Qui mettra des vaisseaux en mer ? qui se chargera de les conduire? Qui entreprendra des caravanes? On manquera alors du nécessaire et des choses utiles. S'il n'y a plus de besoins, il n'y a plus d'arts, plus de sciences, plus d'invention, plus de mécanique. D'ailleurs, cette égalité de possessions et de richesses en établit une autre dans les conditions, bannit toute subordination, réduit les hommes à se servir eux-mêmes, et à ne pouvoir être secourus les uns des autres ; rend les lois frivoles et inutiles ; entraîne une anarchie universelle, attire la violence, les injures, les massacres, l'impunité.

Des esprits forts.

Si vous supposez, au contraire, que tous les hommes sont pauvres, en vain le soleil se lève pour eux sur l'horizon, en vain il échauffe la terre et la rend féconde ; en vain le ciel verse sur elle ses influences ; les fleuves en vain l'arrosent, et répandent dans les diverses contrées la fertilité et l'abondance ; inutilement aussi la mer laisse sonder ses abîmes profonds, les rochers et les montagnes s'ouvrent pour laisser fouiller dans leur sein et en tirer tous les trésors qu'ils y renferment. Mais si vous établissez que de tous les hommes répandus dans le monde, les uns soient riches et les autres pauvres et indigents, vous faites alors que le besoin rapproche mutuellement les hommes, les lie, les réconcilie ; ceux-ci servent, obéissent, inventent, travaillent, cultivent, perfectionnent, ceux-là jouissent, nourrissent, secourent, protégent, gouvernent : tout ordre est rétabli.

EXTRAITS

DU DISCOURS DE LA BRUYÈRE A L'ACADÉMIE FRANÇAISE (15 JUIN 1693).

Richelieu (1585-1642).

Génie fort et supérieur, il a su tout le fond et tout le mystère du gouvernement ; il a connu le beau et le sublime du ministère ; il a respecté l'étranger, ménagé les couronnes, connu le poids de leur alliance ; il a opposé des alliés à des ennemis ; il a veillé aux intérêts du dehors, à ceux du dedans ; il n'a oublié que les siens : une vie laborieuse et languissante, souvent exposée, a été le prix d'une si haute vertu ; dépositaire des trésors de son maître, comblé de ses bienfaits, ordonnateur, dispensateur de ses finances, on ne sauroit dire qu'il est mort riche.

Le croiroit-on, messieurs ? cette âme sérieuse et austère, formidable aux ennemis de l'État, inexorable aux factieux, plongée dans la négociation, occupée tantôt à affoiblir le parti de l'hérésie, tantôt à déconcerter une ligue, et tantôt à méditer une conquête, a trouvé le loisir d'être savante, a goûté les belles-lettres et ceux qui en faisoient profession. Comparez-vous, si vous l'osez, au grand Richelieu, hommes dévoués à la fortune, qui, par le succès de vos affaires particulières, vous jugez dignes que l'on vous confie les affaires publiques ; qui vous donnez pour des génies heureux et pour de bonnes têtes ;

qui dites que vous ne savez rien, que vous n'avez jamais lu, que vous ne lirez point, ou pour marquer l'inutilité des sciences, ou pour paroître ne devoir rien aux autres, mais puiser tout de votre fonds. Apprenez que le cardinal de Richelieu a su, qu'il a lu ; je ne dis pas qu'il n'a point eu d'éloignement pour les gens de lettres, mais qu'il les a aimés, caressés, favorisés ; qu'il leur a ménagé des privilèges, qu'il leur destinoit des pensions, qu'il les a réunis en une compagnie célèbre, qu'il en a fait l'Académie françoise.

Il savait quelle est la force et l'utilité de l'éloquence, la puissance de la parole qui aide la raison et la fait valoir ; qui insinue aux hommes la justice et la probité, qui porte dans le cœur du soldat l'intrépidité et l'audace, qui calme les émotions populaires, qui excite à leurs devoirs les compagnies entières ou la multitude : il n'ignorait pas quels sont les fruits de l'histoire et de la poésie, quelle est la nécessité de la grammaire, la base et le fondement des autres sciences ; et que, pour conduire ces choses à un degré de perfection qui les rendît avantageuses à la république, il fallait dresser le plan d'une compagnie où la vertu seule fût admise, le mérite placé, l'esprit et le savoir rassemblés par des suffrages : n'allons pas plus loin ; voilà, Messieurs, vos principes et votre règle, dont je ne suis qu'une exception.

L'abbé de Choisy (1644-1724).

L'un, aussi correct dans sa langue que s'il l'avoit apprise par règles et par principes, aussi élégant dans les langues étrangères que si elles lui étoient naturelles, en quelque idiome qu'il compose, semble toujours parler celui de son pays ; il a entrepris, il a fini une pénible traduction que le plus bel esprit pourroit avouer, et que le plus pieux personnage devroit désirer d'avoir faite.

Segrais, La Fontaine, Boileau.

L'autre [1] fait revivre Virgile parmi nous, transmet dans notre langue les grâces et les richesses de la latine, fait des romans qui ont une fin, en bannit le prolixe et l'incroyable, pour y substituer le vraisemblable et le naturel.

Un autre [2], plus égal que Marot et plus poëte que Voiture, a le jeu, le tour, et la naïveté de tous les deux ; il instruit en badinant, persuade aux hommes la vertu par l'organe des bêtes, élève les petits sujets jusqu'aux sublime : homme unique dans son genre d'écrire ; toujours original, soit qu'il invente, soit qu'il traduise ; qui a été au delà de ses modèles, modèle lui-même difficile à imiter.

Celui-ci [3] passe Juvénal, atteint Horace, semble créer les pensées d'autrui et se rendre propre tout ce qu'il manie ; il a, dans ce qu'il emprunte des autres, toutes les grâces de la nouveauté et tout le mérite de l'invention. Ses vers, forts et harmonieux, faits de génie, quoique travaillés avec art, plein de trait et de poésie, seront lus encore quand la langue aura vieilli, en seront les derniers débris ; on y remarque une critique sûre, judicieuse et innocente, s'il est permis du moins de dire de ce qui est mauvais qu'il est mauvais.

1. Segrais (1624-1701), traducteur de l'Énéide et des Géorgiques ; auteur de plusieurs romans.
2. La Fontaine (1621-1695).
3. Boileau (1636-1711).

Bossuet et Fénelon.

Que dirai-je de ce personnage [1] qui a fait parler si ongtemps une envieuse critique et qui l'a fait taire ; qu'on admire malgré soi, qui accable par le grand nombre et par l'éminence de ses talents : orateur, historien, théologien, philosophe, d'une rare érudition, d'une plus rare éloquence, soit dans ses entretiens, soit dans ses écrits, soit dans la chaire ; un défenseur de la religion, une lumière de l'Église : parlons d'avance le langage de la postérité, un Père de l'Église. Que n'est-il point ? Nommez, Messieurs, une vertu qui ne soit pas la sienne.

Toucherai-je aussi votre dernier choix [2], si digne de vous ? Quelles choses vous furent dites dans la place où je me trouve ! Je m'en souviens ; et après ce que vous avez entendu, comment osé-je parler, comment daignez-vous m'entendre ? Avouons-le : on sent la force et l'ascendant de ce rare esprit, soit qu'il prêche de génie et sans préparation, soit qu'il prononce un discours étudié et oratoire, soit qu'il explique ses pensées dans la conversation. Toujours maître de l'oreille et du cœur de ceux qui l'écoutent, il ne leur permet pas d'envier ni tant d'élévation, ni tant de facilité, de délicatesse, de politesse ; on est assez heureux de l'entendre, de sentir ce qu'il dit, et comme il le dit ; on doit être content de soi, si l'on emporte ses réflexions et si l'on en profite. Quelle grande acquisition avez-vous faite en cet homme illustre ! à qui m'associez-vous ?

1. *Ce personnage*. Bossuet (1627-1704).

2. *Fénelon*, reçu le 31 mars 1693, un peu plus de deux mois avant La Bruyère.

Racine.

Cet autre[1] vient après un homme loué, applaudi, admiré, dont les vers volent en tous lieux et passent en proverbe, qui prime, qui règne sur la scène, qui s'est emparé de tout le théâtre : il ne l'en dépossède pas, il s'y établit avec lui ; le monde s'accoutume à en voir faire la comparaison. Quelques-uns ne souffrent pas que Corneille, le grand Corneille, lui soit préféré ; quelques autres, qu'il lui soit égalé. Ils en appellent à l'autre siècle ; ils attendent la fin de quelques vieillards, qui, touchés indifféremment de tout ce qui rappelle leurs premières années, n'aiment peut-être, *dans Œdipe*[2], que le souvenir de leur jeunesse.

Le Chancelier Séguier.[1]

Je parle du chancelier Séguier : on s'en souvient

1. *Cet autre*. Racine (1639-1699).
2. *Dans Œdipe* La Bruyère semble, au nom de ses amis, répondre au discours prononcé, par Fontenelle, à l'Académie française, le 5 mai 1691, jour de la réception : « Je tiens, avait-il dit, par le bonheur de ma naissance, à un grand nom qui dans la plus noble espèce des productions de l'esprit, efface tous les autres noms. » Thomas Corneille avait été moins absolu dans son discours de réception prononcé, le 2 janvier 1685 : « Songez, Messieurs, avait-il dit, en parlant de son frère, que lorsqu'un siècle a produit un homme aussi extraordinaire qu'il était, il arrive rarement que ce même siècle en produit d'autres capables de l'égaler. Il est vrai que celui où nous vivons est le siècle des miracles... d'heureux génies se sont élevés avec tant de gloire, que tout ce qui a paru d'eux a été le charme de la cour et du public. Cependant, quand même l'on pourroit dire que quelqu'un l'eût surpassé, lui qu'on a mis tant de fois au dessus des anciens, il seroit toujours très vrai que le théâtre françois lui doit tout l'éclat où nous le voyons. »
3. Séguier (1588-1672), garde des sceaux (1633), puis chance-

comme de l'un des plus grands magistrats que la France ait nourris depuis ses commencements. Il a laissé à douter en quoi il excellait davantage, ou dans les lettres ou dans les affaires : il est vrai du moins, et on en convient, qu'il surpassait en l'un et en l'autre tous ceux de son temps. Homme grave et familier, profond dans les délibérations, quoique doux et facile dans le commerce, il a eu naturellement ce que tant d'autres veulent avoir et ne se donnent pas, ce qu'on n'a point par l'étude et par l'affection, par les mots graves ou sentencieux, ce qui est plus rare que la science et peut-être que la probité, je veux dire de la dignité. Il ne la devait point à l'éminence de son poste, au contraire, il l'a anobli ; il a été grand et accrédité, sans ministère, et on ne voit pas que ceux qui ont su tout réunir en leurs personnes l'aient effacé.

lier ; il fut très dévoué à Richelieu et à Mazarin ; il prit part aux ordonnances de 1667 et 1670 et fut l'un des membres et des protecteurs de l'Académie française.

FRAGMENTS DES CARACTÈRES DE THÉOPHRASTE[1].

De l'image d'un coquin.

Un coquin est celui à qui les choses les plus honteuses ne coûtent rien à dire ou à faire ; qui jure volontiers et fait des serments en justice autant que l'on lui en demande ; qui est perdu de réputation ; que l'on outrage impunément ; qui est un chicaneur de profession, un effronté, et qui se mêle de toutes sortes d'affaires. Un homme de ce caractère entre, sans masque, dans une danse comique, et même sans être ivre ; mais, de sang-froid, il se distingue dans la danse la plus obscène par les postures les plus indécentes. C'est lui qui, dans ces lieux où l'on voit des prestiges[2], s'ingère de recueillir l'argent de chacun des spectateurs, et qui fait querelle à ceux qui, étant entrés par billets, croient ne devoir rien payer. Il est d'ailleurs de tous métiers ; tantôt il tient une taverne, tantôt il est suppôt de quelque lieu infâme, une autre fois partisan : il n'y a point de sale commerce où il ne soit capable d'entrer. Vous le verrez aujourd'hui crieur public, demain cuisinier ou bre-

1. Théophraste naquit à Érèse, dans l'île de Lesbos en 371, avant J.-C. Il se nommait Tyrtame : le nom de Théophraste, parleur divin, lui fut donné par ses disciples. Il fut l'ami et le compagnon de travaux d'Aristote (384-322, avant J.C.).
2. Choses extraordinaires, tours d'escamoteur.

landier : tout lui est propre. S'il a une mère, il la laisse mourir de faim. Il est sujet au larcin et à se voir traîner par la ville dans une prison, sa demeure ordinaire et où il passe une partie de sa vie. Ce sont ces sortes de gens que l'on voit se faire entourer du peuple, appeler ceux qui passent et se plaindre à eux avec une voix forte et enrouée, insulter ceux qui les contredisent.

De l'effronterie causée par l'avarice.

Pour faire connoître ce vice, il faut dire que c'est un mépris de l'honneur dans la vue d'un vil intérêt. Un homme que l'avarice rend effronté ose emprunter une somme d'argent à celui à qui il en doit déjà, et qu'il lui retient avec injustice. Le jour même qu'il aura sacrifié aux dieux, au lieu de manger religieusement chez soi une partie des viandes consacrées[1], il les fait saler pour lui servir dans plusieurs repas, et va souper chez l'un de ses amis ; et là, à table, à la vue de tout le monde il appelle son valet, qu'il veut encore nourrir aux dépens de son hôte : et lui coupant un morceau de viande qu'il met sur un quartier de pain : Tenez, mon ami, lui dit-il, faites bonne chère. Il va lui-même au marché acheter des viandes cuites[2], et, avant que de convenir du prix, pour avoir une meilleure composition du marchand, il le fait ressouvenir qu'il lui a autrefois rendu service. Il fait ensuite peser ces viandes, et il en entasse

1. Les Grecs, le jour qu'ils avaient sacrifié, ou soupoient avec leurs amis, ou leur envoyaient à chacun une portion de la victime. (*Note de La Bruyère.*)

2. Comme le menu peuple, qui achetoit son souper chez les charcutiers. (*Note de La Bruyère.*)

le plus qu'il peut ; s'il en est empêché par celui qui les lui vend, il jette du moins quelques os dans la balance ; si elle peut tout contenir il est satisfait, sinon il ramasse sur la table des morceaux de rebut, comme pour se dédommager, sourit, et s'en va. Une autre fois, sur l'argent qu'il aura reçu de quelques étrangers pour leur louer des places au théâtre, il trouve le secret d'avoir sa place franche du spectacle, et d'y envoyer le lendemain ses enfants et leur précepteur. Tout lui fait envie, il veut profiter des bons marchés, et demande hardiment au premier venu une chose qu'il ne vient que d'acheter. Se trouve-t-il dans une maison étrangère, il emprunte jusqu'à l'orge et à la paille ; encore faut-il que celui qui les lui prête fasse les frais de les faire porter jusque chez lui. Cet effronté, en un mot, entre sans payer dans un bain public, et là, en présence du baigneur, qui crie inutilement contre lui, prenant le premier vase qu'il rencontre, il le plonge dans une cuve d'airain qui est remplie d'eau, se la répand sur tout le corps[1] : Me voilà lavé, ajoute-t-il, autant que j'en ai besoin ; et, sans en avoir obligation à personne, remet sa robe et disparaît.

De l'épargne sordide.

Cette espèce d'avarice est, dans les hommes, une passion de vouloir ménager les plus petites choses sans aucune fin honnête. C'est dans cet esprit que quelques-

1. Les plus pauvres se lavaient ainsi, pour payer moins. (*Note de La Bruyère.*)

uns, recevant tous les mois le loyer de leur maison, ne négligent pas d'aller eux-mêmes demander la moitié d'une obole qui manquait au dernier payement qu'on leur a fait; que d'autres, faisant l'effort de donner à manger chez eux, ne sont occupés pendant le repas qu'à compter le nombre de fois que chacun des convives demande à boire. Ce sont eux encore dont la portion des prémices[1] des viandes que l'on envoie sur l'autel de Diane est toujours la plus petite. Ils apprécient les choses au-dessous de ce qu'elles valent; et de quelque bon marché qu'un autre, en leur rendant compte, veuille se prévaloir, ils lui soutiennent toujours qu'il a acheté trop cher. Implacables à l'égard d'un valet qui aura laissé tomber un pot de terre, ou cassé, par malheur, quelque vase d'argile, ils lui déduisent cette perte sur sa nourriture. Mais si leurs femmes ont perdu seulement un denier, il faut alors renverser toute une maison, déranger les lits, transporter des coffres, et chercher dans les recoins les plus cachés. Lorsqu'ils vendent, ils n'ont que cette unique chose en vue, qu'il n'y ait qu'à perdre pour celui qui achète. Il n'est permis à personne de cueillir une figue dans leur jardin; de passer au travers de leur champ; de ramasser une petite branche de palmier, ou quelques olives qui seront tombées de l'arbre. Il vont tous les jours se promener sur leurs terres, en remarquent les bornes, voient si l'on n'y a rien changé, et si elles sont toujours les mêmes. Ils tirent intérêt de l'intérêt, et ce n'est qu'à cette condition qu'ils donnent du temps à leurs créanciers. S'ils ont invité à dîner quelques-uns de leurs amis, et qui ne sont que des personnes

1. Les Grecs commençaient par ces offrandes leurs repas publics. (*Note de La Bruyère.*)

du peuple, ils ne feignent point de leur faire servir un simple hachis, et on les a vus souvent aller eux-mêmes au marché pour ces repas, y trouver tout trop cher, et en revenir sans rien acheter. Ne prenez pas l'habitude, disent-ils à leurs femmes, de prêter votre sel, votre orge, votre farine, ni même du cumin [1], de la marjolaine [2], des gâteaux [3] pour l'autel, du coton, de la laine ; car ces petits détails ne laissent pas de monter, à la fin d'une année, à une grosse somme. Ces avares, en un mot, ont des trousseaux de clefs rouillées, dont ils ne se servent point ; des cassettes où leur argent est en dépôt, qu'ils n'ouvrent jamais, et qu'ils laissent moisir dans un coin de leur cabinet. Ils portent des habits qui leur sont trop courts et trop étroits ; les plus petites fioles contiennent plus d'huile qu'il n'en faut pour les oindre ; ils ont la tête rasée jusqu'au cuir ; se déchaussent vers le milieu du jour [4], pour épargner leurs souliers ; vont trouver les foulons, pour obtenir d'eux de ne pas épargner la craie dans la laine qu'ils leur ont donnée à préparer, afin, disent-ils, que leur étoffe se tache moins [5].

De la superstition.

La superstition semble n'être autre chose qu'une crainte mal réglée de la divinité. Un homme supersti-

1. *Cumin*, sorte d'herbe. (*Note de La Bruyère.*)
2. La *marjolaine* empêche la viande de se corrompre. (*Note de La Bruyère.*)
3. *Gâteaux* faits de farine et de miel et qui servaient aux sacrifices. (*Note de La Bruyère.*)
4. Parce que dans cette partie du jour, le froid, en toute saison était supportable. (*Note de La Bruyère.*)
5. C'était aussi parce que cet apprêt avec de la craie, comme

tieux, après avoir lavé ses mains et s'être purifié avec de l'eau lustrale[1], sort du temple, et se promène une grande partie du jour avec une feuille de laurier dans la bouche. S'il voit une belette, il s'arrête tout court, et il ne continue pas de marcher que quelqu'un n'ait passé avant lui par le même endroit que cet animal a traversé, ou qu'il n'ait jeté lui-même trois petites pierres dans le chemin, comme pour éloigner de lui ce mauvais présage. En quelque endroit de sa maison qu'il ait aperçu un serpent, il ne diffère pas d'y élever un autel, et dès qu'il remarque dans les carrefours de ces pierres que la dévotion du peuple y a consacrées, il s'en approche, verse dessus toute l'huile de sa fiole, plie les genoux devant elles et les adore. Si un rat lui a rongé un sac de farine, il court au devin, qui ne manque pas de lui enjoindre d'y faire mettre une pièce ; mais, bien loin d'être satisfait de sa réponse, effrayé d'une aventure si extraordinaire, il n'ose plus se servir de son sac et s'en défait.

De l'esprit chagrin.

L'esprit chagrin fait que l'on n'est jamais content de personne, et que l'on fait aux autres mille plaintes sans fondement. Si quelqu'un fait un festin, et qu'il se sou-

le pire de tous, et qui rendait les étoffes dures et grossières, était celui qui coûtait le moins. (*Note de La Bruyère.*)

1. *L'eau lustrale.* Une eau où l'on avait éteint un tison ardent, pris sur l'autel où l'on brûlait la victime; elle était dans une chaudière à la porte du temple : l'on s'en lavait soi-même ou l'on s'en faisait laver par les prêtres. (*Note de La Bruyère.*)

vienne d'envoyer un plat[1] à un homme de cette humeur, il ne reçoit de lui pour tout remercîment que le reproche d'avoir été oublié. Je n'étois pas digne, dit cet esprit querelleux[2], de boire de son vin, ni de manger à sa table. Après une grande sécheresse, venant à pleuvoir, comme il ne peut se plaindre de la pluie, il s'en prend au ciel de ce qu'elle n'a pas commencé plus tôt. Si le hasard lui fait voir une bourse dans son chemin, il s'incline : Il y a des gens, ajoute-t-il, qui ont du bonheur ; pour moi, je n'ai jamais eu celui de trouver un trésor. Une autre fois, ayant envie d'un esclave, il prie instamment celui à qui il appartient d'y mettre le prix ; et dès que celui-ci, vaincu par ses importunités, le lui a vendu, il se repent de l'avoir acheté : Ne suis-je pas trompé ? demande-t-il, et exigeroit-on si peu d'une chose qui seroit sans défaut ? A ceux qui lui font les compliments ordinaires sur la naissance d'un fils et sur l'augmentation de sa famille : Ajoutez, leur dit-il, pour ne rien oublier, sur ce que mon bien est diminué de la moitié. Un homme chagrin, après avoir eu de ses juges ce qu'il demandoit, et l'avoir emporté tout d'une voix sur son adversaire, se plaint encore de celui qui a écrit ou parlé pour lui de ce qu'il n'a pas touché les meilleurs moyens de sa cause ; ou lorsque ses amis ont fait ensemble une certaine somme pour le secourir dans un besoin pressant, si quelqu'un l'en félicite et le convie à mieux espérer de la fortune : Comment, lui répond-il, puis-je être sensible à la moindre joie, quand je pense que je dois rendre cet argent à chacun de ceux

1. Ç'a été la coutume des Juifs et d'autres peuples orientaux, des Grecs et des Romains. (*Note de La Bruyère.*)

2. *Querelleux* a vieilli. On dit aujourd'hui querelleur.

qui me l'ont prêté, et n'être pas encore quitte envers eux de la reconnaissance d'un bienfait[1] ?

De la sotte vanité.

La sotte vanité semble être une passion inquiète de se faire valoir par les plus petites choses, ou de chercher dans les sujets les plus frivoles du nom et de la distinction. Ainsi un homme vain, s'il se trouve à un repas, affecte toujours de s'asseoir proche de celui qui l'a convié. Il consacre à Apollon la chevelure d'un fils qui lui vient de naître ; et dès qu'il est parvenu à l'âge de puberté, il le conduit lui-même à Delphes[2], lui coupe les cheveux, et les dépose dans le temple comme un monument d'un vœu solennel qu'il a accompli. Il aime à se faire suivre par un Maure. S'il fait un payement, il affecte que ce soit dans une monnaie toute neuve, et qui ne vienne que d'être frappée. Après qu'il a immolé un

1. L'homme à qui pèse la reconnaissance est bien près d'être un ingrat. Rappelons, à ce propos ces vers de Voltaire sur l'ingratitude :

Ingrats, monstres que la nature
A pétris d'une fange impure
Qu'elle dédaigna d'animer ;
Il manque à votre âme sauvage,
Des humains le plus beau partage :
Vous n'avez pas le don d'aimer. »

Ode au duc de Richelieu sur l'ingratitude (1736).

2. Le peuple d'Athènes ou les personnes plus modestes se contentaient d'assembler leurs parents, de couper en leur présence les cheveux de leur fils parvenu à l'âge de puberté, et de la consacrer ensuite à Hercule, ou à quelque autre divinité qui avait un temple dans la ville. (*Note de La Bruyère.*)

Delphes, ancienne ville de la Phocide, en Grèce, célèbre par un temple d'Apollon ou la Pythie rendait ses oracles.

bœuf devant quelque autel, il se fait réserver la peau du front de cet animal, il l'orne de rubans et de fleurs, et l'attache à l'endroit de sa maison le plus exposé à la vue de ceux qui passent, afin que personne du peuple n'ignore qu'il a sacrifié un bœuf. Une autre fois, au retour d'une cavalcade qu'il aura faite avec d'autres citoyens, il renvoie chez soi par un valet tout son équipage, et ne garde qu'une riche robe dont il est habillé, et qu'il traîne le reste du jour dans la place publique. S'il lui meurt un petit chien, il l'enterre, lui dresse une épitaphe avec ces mots : *Il était de race de Malte* [1]. Il consacre un anneau à Esculape, qu'il use à force d'y pendre des couronnes de fleurs. Il se parfume tous les jours. Il remplit avec un grand faste tout le temps de sa magistrature, et, sortant de charge, il rend compte au peuple avec ostentation des sacrifices qu'il a faits, comme du nombre et de la qualité des victime qu'il a immolées. Alors, revêtu d'une robe blanche et couronné de fleurs, il paraît dans l'assemblée du peuple : Nous pouvons, dit-il, vous assurer, ô Athéniens, que pendant le temps de notre gouvernement nous avons sacrifié à Cybèle [2], et que nous lui avons rendu des honneurs tels que les mérite de nous la mère des dieux : espérez donc toutes choses heureuses de cette déesse. Après avoir parlé ainsi, il se retire dans sa maison, où il fait un long récit à sa femme de la manière dont tout lui a réussi, au-delà même de ses souhaits.

1. Les chiens de cette île étaient fort estimés, Malte est une île de la Méditerranée qui appartient aux Anglais, depuis 1800; Capitale Cité-la-Valette.

2. Cybèle, déesse de la terre, fille du ciel, femme de Saturne, mère de Jupiter, de Junon, de Neptune, de Pluton. (Mythologie.)

De l'avarice.

Ce vice est dans l'homme un oubli de l'honneur et de la gloire quand il s'agit d'éviter la moindre dépense. Si un homme a remporté le prix de la tragédie [1], il consacre à Bacchus des guirlandes ou des bandelettes faites d'écorce de bois, et il fait graver son nom sur un présent si magnifique. Quelquefois, dans les temps difficiles, le peuple est obligé de s'assembler pour régler une contribution capable de subvenir aux besoins de la république; alors il se lève et garde le silence [2], ou le plus souvent il fend la presse et se retire. Lorsqu'il marie sa fille, et qu'il sacrifie, selon la coutume, il n'abandonne de la victime que les parties seules qui doivent êtres brûlées sur l'autel [3]; il réserve les autres pour les vendre, et comme il manque de domestiques pour servir à table et être chargés du soin des noces, il loue des gens pour tout le temps de la fête, qui se nourrissent à leurs dépens, et à qui il donne une certaine somme. S'il est capitaine de galère, voulant ménager son lit, il se contente de coucher indifféremment avec les autres sur de la natte qu'il emprunte de son pilote. Vous verrez une autre fois cet homme sordide acheter en plein marché des viandes cuites, toutes sortes d'herbes, et les porter hardiment dans son sein et sous sa robe; s'il l'a un jour envoyée chez le teinturier pour

1. Qu'il a faite ou récitée. (*Note de la Bruyère.*)
2. Ceux qui vouloient donner se levoient et offroient une somme; ceux qui ne vouloient rien donner se levoient et se taisoient. (*Note de La Bruyère.*)
3. *Sur l'autel.* C'étaient les cuisses et les intestins. (*Note de la Bruyère.*)

la détacher, comme il n'en a pas une seconde pour sortir, il est obligé de garder la chambre. Il sait éviter dans la place la rencontre d'un ami pauvre qui pourroit lui demander, comme aux autres, quelque secours [1] ; il se détourne de lui, et reprend le chemin de sa maison. Il ne donne point de servantes à sa femme, content de lui en louer quelques-unes pour l'accompagner à la ville toutes les fois qu'elle sort. Enfin, ne pensez pas que ce soit un autre qui balie [2] le matin sa chambre, qui fasse son lit et le nettoie. Il faut ajouter qu'il porte un manteau usé, sale et tout couvert de taches ; qu'en ayant honte lui-même, il le retourne quand il est obligé d'aller tenir sa place dans quelque assemblée.

De l'orgueil.

Il faut définir l'orgueil une passion qui fait que, de tout ce qui est au monde, l'on n'estime que soi. Un homme fier et superbe n'écoute pas celui qui l'aborde dans la place pour lui parler de quelque affaire; mais, sans s'arrêter, et se faisant suivre quelque temps, il lui dit enfin qu'on peut le voir après son souper. Si l'on a reçu de lui le moindre bienfait, il ne veut pas qu'on en perde jamais le souvenir ; il le reprochera en pleine rue, à la vue de tout le monde [3]. N'attendez pas de lui qu'en quelque endroit qu'il vous rencontre il s'approche de vous, et qu'il vous parle le premier ; de même, au

1. *Quelques secours*, par forme de contribution.
2. *Balie* pour balaie ou balaye. *Balie* est la vieille forme.
3. Le manuscrit du Vatican ajoute : « Si on le choisit pour arbitre, il juge la cause en marchant dans les rues ; s'il est élu pour quelque magistrature, il la refuse, en affirmant par serment qu'il n'a pas le temps de s'en charger. »

lieu d'expédier sur-le-champ des marchands ou des ouvriers, il ne feint point de les renvoyer au lendemain matin et à l'heure de son lever. Vous le voyez marcher dans les rues de la ville la tête baissée, sans daigner parler à personne de ceux qui vont et viennent. S'il se familiarise quelquefois jusqu'à inviter ses amis à un repas, il prétexte des raisons pour ne pas se mettre à table et manger avec eux, et il charge ses principaux domestiques du soin de les régaler. Il ne lui arrive point de rendre visite à personne sans prendre la précaution d'envoyer quelqu'un des siens pour avertir qu'il va venir. On ne le voit point chez lui lorsqu'il mange ou qu'il se parfume [1]. Il ne se donne pas la peine de régler lui-même des parties ; mais il dit négligemment à un valet de les calculer, de les arrêter, et les passer à compte. Il ne sait point écrire dans une lettre : Je vous prie de me faire ce plaisir ou de me rendre ce service, mais : J'entends que cela soit ainsi ; J'envoie un homme vers vous pour recevoir une telle chose ; Je ne veux pas que l'affaire se passe autrement ; Faites ce que je vous dis promptement et sans différer. Voilà son style.

De la peur, ou du défaut de courage.

Cette crainte est un mouvement de l'âme qui s'ébranle, ou qui cède, en vue d'un péril vrai ou imaginaire ; et l'homme timide est celui dont je vais faire la peinture. S'il lui arrive d'être sur la mer, et s'il aperçoit de loin des dunes ou des promontoires, la peur lui fait croire que c'est le débris de quelques vaisseaux qui ont fait naufrage sur cette côte ; aussi tremble-t-il au moindre

1. *Se parfume* avec des huiles de senteur. (*Note de La Bruyère.*)

flot qui s'élève, et il s'informe avec soin si tous ceux qui navigent avec lui sont initiés [1] : s'il vient à remarquer que le pilote fait une nouvelle manœuvre, ou semble se détourner comme pour éviter un écueil, il l'interroge, il lui demande avec inquiétude s'il ne croit pas s'être écarté de sa route, s'il tient toujours la haute mer, et si les dieux sont propices [2]. Après cela il se met à raconter une vision qu'il a eue pendant la nuit, dont il est encore épouvanté et qu'il prend pour un mauvais présage. Ensuite, ses frayeurs venant à croître, il se déshabille et ôte jusqu'à sa chemise, pour pouvoir mieux se sauver à la nage ; et, après cette précaution, il ne laisse pas de prier les nautoniers de le mettre à terre.

Que si cet homme foible, dans une expédition militaire où il s'est engagé, entend dire que les ennemis sont proches, il appelle ses compagnons de guerre, observe leur contenance sur ce bruit qui court, leur dit qu'il est sans fondement, et que les coureurs n'ont pu discerner si ce qu'ils ont découvert à la campagne sont amis ou ennemis ; mais si l'on n'en peut plus douter par les clameurs que l'on entend, et s'il a vu lui-même de loin le commencement du combat, et que quelques hommes aient paru tomber à ses pieds, alors, feignant que la précipitation et le tumulte lui ont fait oublier ses armes, il court les quérir dans sa tente, où il cache

1. On trouve *navigent*, et *navigeaient* dans les neufs premières éditions.

Les anciens navigeaient rarement avec ceux qui passaient pour impies, et ils se faisaient initier avant de partir, c'est-à-dire, instruire des mystères de quelque divinité, pour se la rendre propice dans leurs voyages. Voyez le chapitre de la Superstition. (*Note de La Bruyère.*)

2. Ils consultaient les dieux par les sacrifices, ou par les augures, c'est-à-dire, par le vol, le chant et le manger des oiseaux, et encore par les entrailles des bêtes. (*Note de La Bruyère.*)

son épée sous le chevet de son lit, et emploie beaucoup de temps à la chercher, pendant que, d'un autre côté, son valet va, par ses ordres, savoir des nouvelles des ennemis, observer quelle route ils ont prise, et où en sont les affaires ; et dès qu'il voit apporter au camp quelqu'un tout sanglant d'une blessure qu'il a reçue, il accourt vers lui, le console et l'encourage, étanche le sang qui coule de sa plaie, chasse les mouches qui l'importunent, ne lui refuse aucun secours, et se mêle de tout, excepté de combattre.

Si, pendant le temps qu'il est dans la chambre du malade, qu'il ne perd pas de vue, il entend la trompette qui sonne la charge : Ah ! dit-il avec imprécation, puisses-tu être pendu, maudit sonneur, qui cornes incessamment, et fais un bruit enragé qui empêche ce pauvre homme de dormir ! il arrive même que, tout plein d'un sang qui n'est pas le sien, mais qui a rejailli sur lui de la plaie du blessé, il fait accroire à ceux qui reviennent du combat qu'il a couru un grand risque de sa vie pour sauver celle de son ami ; il conduit vers lui ceux qui y prennent intérêt, ou comme ses parents, ou parce qu'ils sont d'un même pays ; et là il ne rougit pas de leur raconter quand et de quelle manière il a tiré cet homme des ennemis, et l'a apporté dans sa tente.

De la médisance.

Je définis ainsi la médisance : une pente secrète de l'âme à penser mal de tous les hommes, laquelle se manifeste par les paroles. Et pour ce qui concerne le médisant, voici ses mœurs : Si on l'interroge sur quelque autre, et qu'on lui demande quel est cet homme, il fait d'abord sa généalogie. Son père, dit-il, s'appeloit Sosie[1], que l'on a connu dans le service, et parmi les troupes, sous le nom de Sosistrate ; il a été affranchi depuis ce temps, et reçu dans l'une des tribus de la ville[2]. Pour sa mère, c'étoit une noble Thracienne : car les femmes de Thrace, ajoute-t-il, se piquent la plupart d'une ancienne noblesse[3]. Celui-ci, né de si honnêtes gens, est un scélérat et qui ne mérite que le gibet.

Dans une compagnie où il se trouve quelqu'un qui parle mal d'une personne absente, il relève la conversation : Je suis, lui dit-il, de votre sentiment; cet homme m'est odieux, et je ne le puis souffrir : qu'il est insupportable par sa physionomie ! Y a-t-il un plus grand fripon et des manières plus extravagantes ! Savez-vous combien il donne à sa femme pour la dépense de chaque repas ? trois oboles[4], et rien davantage ; et croiriez-vous que, dans les rigueurs de l'hiver et au mois de décembre il l'oblige de se laver avec de l'eau froide ? Si alors quelqu'un de ceux qui l'écoutent se lève et se retire, il parle de lui presque dans les mêmes termes. Nul de ses plus familiers n'est épargné : les morts[5] mêmes dans le tombeau ne trouvent pas un asile contre sa mauvaise langue.

1. C'étoit, chez les Grecs, un nom de valet ou d'esclave (*Note de La Bruyère.*)

2. Le peuple d'Athènes étoit partagé en diverses tribus. (*Note de La Bruyère*).

3. Cela est dit par dérision des Thraciennes, qui venoient dans la Grèce pour être servantes et quelque chose de pis. (*Note de La Bruyère.*)

4. L'obole étoit le sixième de la drachme ; environ 0 fr. 07 c. Il y avait au-dessous de cette monnaie d'autres encore de moindre prix. (*Note de La Bruyère.*)

5. Il était défendu, chez les Athéniens, de parler des morts, par une loi de Solon, leur législateur. (*Note de La Bruyère.*)

Du goût qu'on a pour les vicieux.

Le goût que l'on a pour les vicieux décèle un penchant au vice. Celui que ce penchant domine fréquente les condamnés politiques. Il espère par là se rendre plus habile et plus formidable. Cite-t-on devant lui quelques hommes recommandables par leurs vertus : Bah ! dit-il, ils sont comme les autres ; tous les hommes se ressemblent : ces vertueux sont des hypocrites. Il parle sans cesse contre les gens de bien. Attaque-t-on un citoyen pervers, il déclare qu'on le calomnie, parce qu'il est libéral et indépendant. Il concède cependant en partie ce que l'on en dit, et prétend ignorer le reste ; puis il ajoute : C'est un homme d'esprit, un cœur excellent, d'une capacité rare, jouissant d'un grand crédit. Toujours favorable à l'accusé traduit devant le peuple ou devant un tribunal, il s'assied près de lui, et s'écrie : Jugez donc l'homme, et non le fait. Celui qu'on accuse est le défenseur du peuple, c'est son chien vigilant ; il le garde contre les oppresseurs, et les éloigne. Qui voudra se mêler des affaires publiques, si on abandonne à leurs persécuteurs de tels citoyens ? Ainsi tout malfaiteur est son client ; et, patron zélé, il le protége même contre les juges. S'il est juge lui-même, il interprétera les plaidoiries d'une manière perfide. L'affection pour les scélérats est la sœur de la scélératesse, et le proverbe dit vrai : Qui se ressemble, s'assemble.

Du gain sordide.

L'homme bassement intéressé accumule avec fureur des gains sordides. Il épargne le pain dans les repas, il emprunte de l'argent à l'étranger devenu son hôte par droit d'hospitalité. S'il sert à table : Il est juste, dit-il. que le distributeur ait une portion double ; et il se l'adjuge.

. . . .

S'il donne son manteau à nettoyer, il en emprunte un de quelqu'un de sa connaissance, et s'en sert jusqu'à ce qu'on le redemande... Il achète secrètement l'objet que convoite un ami, pour le lui revendre bien cher. Il diminue le salaire du maître de ses enfants, si leur maladie l'empêche de les envoyer à l'école. Au mois anthestérion [1], il ne les enverra pas du tout. Il y a alors tant de fêtes, qu'il lui paraît inutile de payer un mois de leçons. S'il reçoit une rétribution pour un esclave dont il a loué le travail, il exige un droit de change. Il en use de même envers l'économe qui lui rend ses comptes. S'il voyage avec ses amis, il se sert de leurs esclaves. S'il se fait chez lui un pique-nique, il met en réserve une petite partie de tout ce qu'on lui apporte, bois, lentilles, vinaigre, sel, huile de lampe. Si un de ses amis se marie, ou marie sa fille, il a eu soin de projeter d'avance un voyage, et son absence le dispense du présent de noces. Enfin, il emprunte à ses amis de ces choses qu'on ne redemande pas, et qu'on ne voudrait pas reprendre.

Sages paroles de Théophraste mourant.

L'on raconte de lui que, dans son extrême vieillesse, ne pouvant plus marcher à pied, il se faisoit porter en litière par la ville, où il étoit vu du peuple, à qui il étoit

1. Le second jour de ce mois, il était d'usage de payer les honoraires des maîtres, et de leur envoyer des présents. Ce jour répondait au 7 ou 8 janvier.

si cher. L'on dit aussi que ses disciples, qui entouroient son lit lorsqu'il mourut, ayant demandé s'il n'avoit rien à leur recommander, il leur tint ce discours : « La vie « nous séduit, elle nous promet de grands plaisirs dans « la possession de la gloire ; mais à peine commence-t-on « à vivre, qu'il faut mourir. Il n'y a souvent rien de « plus stérile que l'amour de la réputation. Cependant, « mes disciples, contentez-vous. Si vous négligez l'estime « des hommes, vous vous épargnez à vous-mêmes de « grands travaux ; s'ils ne rebutent point votre courage, « il peut arriver que la gloire sera votre récompense. « Souvenez-vous seulement qu'il y a dans la vie beau- « coup de choses inutiles, et qu'il y en a peu qui mènent « à une fin solide. Ce n'est point à moi à délibérer sur « le parti que je dois prendre, il n'est plus temps. Pour « vous, qui avez à me survivre, vous ne sauriez peser « trop mûrement ce que vous devez faire. » Et ce furent là ses dernières paroles.

FIN.

TABLE DES MATIÈRES

Chap. III. — *Des femmes.*

Chap. IV. — *De la société et de la conversation.*

Chap. V. — *Des biens de fortune.*

Chap. VI. — *De la Ville.*

Chap. VII. — *De la cour.*

Chap. XI. — *Des jugements.*

Chap. XII. — *De la mode.*

Fragments des caractères de Théophraste.

FIN DE LA TABLE DES MATIÈRES

CHATEAUROUX. — TYP. ET STÉRÉOTYP. A. MAJESTÉ.

www.ingramcontent.com/pod-product-compliance
Ingram Content Group UK Ltd.
Pitfield, Milton Keynes, MK11 3LW, UK
UKHW031858260826
14628UKWH00002B/848